붉은 사과 그리기

신정음 수필집

붉은 사과 그리기

선우미디어

고통을 사랑으로 승화시킨 아름다움

趙 敬 姬
(한국수필가협회 회장)

신정음 여사가 드디어 훌륭한 수필집을 내게 되었다. 크게 축하하고 싶다.

내가 신정음 여사를 처음 만난 곳은 시카고였다. 그때 한국수필가협회가 그곳에서 해외세미나를 개최하였는데 신여사가 참석을 한 것이다.

신여사 내외가 우리 일행과 시카고문인들을 저녁식사 후 회식자리에 초대하였다. 외국에서 이차 회식을 갖는다는 것은 생각지도 못했는데 부군이 선뜻 초대를 한 것이다. 부군은 글을 쓰는 부인을 외조하는 일이라면 거금도 선뜻 내놓을 정도로 부부의 진한 정을 엿볼 수 있었다. 그날 밤 우리 일행은 한껏 시카고의 밤을 즐길 수 있었다.

이민 생활 이십오 년이라고 했다. 신정음 여사는 책머리에서 짧은 언급이었으나 그 25년의 역정을 한눈에 느낄 수 있었다. 미국에 도착하자마자 사랑하는 아버지를 잃었던 슬픔,

그 어려웠던 시절을 회상한다. 신 여사는 나중에 고통까지도 사랑할 수 있게 되었다고 실토한다. 그렇게 되기까지에는 표현할 수 없는 고뇌가 있었으리라 짐작되고 또 자기의 인생을 포기하지 않았다는 뜻도 감지되었다.

우리는 고통에서 해방되기 위하여 여러 길을 택할 수 있다. 신정음 여사는 보따리를 싸가지고 다시 고국으로 돌아오고 싶었을 것이다. 또 고통을 피하는 방법을 생각할 수도 있었을 것이다. 그러나 고통을 사랑했다는 것은 자기 인생을 사랑했다는 뜻도 된다.

그가 이민생활에서 오는 고통을 이겨낼 수 있는 힘은 글을 쓰는 것이었는지도 모른다. 외롭고 마음을 잡을 수 없을 때 그는 글의 형식을 생각하지 않고 글을 썼다고 했다. 처음에 글을 쓸 때는 책을 펴낼 생각으로 글을 쓴 것은 아니라고 했다. 쓰지 않고는 견딜 수 없어서 글을 쓴 것이다.

이 얼마나 고마운 일인가. 첫째 모국어를 잊어버리지 않게 되었다는 것이 얼마나 감사한 일인지 모르겠다.

신정음 여사의 글을 읽으면 인생에 대한 고뇌와 끊임없이 진리를 추구하는 열정을 가슴에 안고 사는 여인임을 알 수 있다. 그러나 마주 앉으면 늘 세심하게 상대방을 배려하여 마음이 따뜻해지고 편안함을 느끼게 하는 아름다운 여인이다.

신 여사는 이번 수필집을 내면서도 좀더 깊은 사고의 글을 쓰지 못하였다며 아쉬워하고 있다. 그러나 그의 수필 자체가 고통과 고독 속에서 건져낸 지난날의 기록이다 보니 깊은 사색과 폭넓은 모양을 느끼게 하는 글이라 생각된다.

　수필 「클리프의 시절」을 읽어보면 신정음 여사는 이미 고등학교시절부터 문학소녀였다. 보충수업 후 휴식시간이면 학교 뒷동산에 올라가 윤동주의 시를 읊고 방과후에도 곧장 집으로 돌아가지 않고 허허벌판이던 학교 주변에 피어있는 들국화와 달맞이의 꽃향기를 맡으러 쫓아다녔다고 썼다.

　신여사는 구구절절 겸손한 모습을 보인다. 어느 한 편의 글을 읽어보아도 수필로서 모든 것을 갖췄다고 생각한다. 시작에서 끝까지 그는 그냥 붓가는 대로 쓴 글이 아니라 깊은 思慮 속에 쓴 글이라는 것을 알 수 있다.

　이민생활에서 오는 많은 고통과 어려움을 사랑으로 승화시키고 그때마다 글을 써서 한 권의 수필집을 펴내는 신여사는 문학소녀의 꿈을 이뤄냈고 이제 어엿한 수필가가 되었다. 꿈이 꿈에서 그칠 수 있으나 신여사는 각고로 노력으로 꿈을 이룬 것이다.

　신정음 여사가 겪는 고통은 세월이 흐를수록 아름다운 추억으로 남을 것이고 지금부터는 어떻게 하면 좋은 글을 쓸 수 있을까 하는 새로운 고통을 안게 되었다.

　거듭 수필집 『붉은 사과 그리기』의 출판을 축하한다. 미국의 독자 뿐 아니라 국내 독자들에게도 좋은 읽을 거리가 되리라 여겨진다.

1999년　9월

삶을 지탱하기 위한 길

글을 쓰겠다고 마음먹은 자신이 두려운 한편에는 그런 내가 대견하기도 합니다. 인간에 대한 믿음과 순수한 삶을 지탱하기 위해서는 이 길밖에 없다는 생각입니다. 내가 겪은 눈물겨운 삶의 체험, 살아가고 있음에 대한 기록, 이것만큼 나에게 소중하고 소박한 흔적들이 또 어디에 있을까 싶어 일기도 쓰고 원고지에 옮기기도 하였습니다.

책을 내겠다 생각하고 쓴 글이 아니었기에 막상 책으로 엮으려니 부끄럽고 좀더 세련된 문장과 깊은 사고로 천착하지 못한 아쉬움이 큽니다. 하지만 그 동안 살아오면서 실수와 후회, 부끄러웠던 일… 등 사랑과 믿음 안에서 용서하고 용서빌며 사랑으로 승화시키며 쓴 적나라한 나의 분신입니다.

글을 쓰면서 느낀 것이 있다면 인간은 모두 자신의 힘으로 착하고 아름다운 사람이 될 수 있다는 것입니다. 여자로서 결혼하여 반려자인 남편을 사랑하고 자식을 사랑하며 영원히 아름답고 싶다는 소망이 있었기에 글을 쓰게 된 것 같습니다. 다만 세상은 언제나 마음 같지 않은 법이어서 좀더 솔직하고 알찬 글이 써지지 않아서 안타까웠습니다.

세월이 많이 흐르고 마음의 고통까지도 사랑할 수 있게 되고 지난날들이 아쉽고 그리워질 때 나는 가슴에 남은 못 다한 이야기를 다시 나눌 것입니다. 자신 같은 건 없지만 내게 글을 읽고 쓰는 재주밖에 없다고 한다면 죽는 날까지 글을 쓰고 싶습니다.

25년 전 미국에 오자마자 아버지를 잃고, 맏이로서 어린 동생들에게 아버지의 빈자리를 채워주었어야 했는데도 멀리 떨어져 있기에 힘이 되어주지 못했습니다. 이 책을 통해서 동생들에게 나의 미안한 마음을 전합니다.

밤은 이제 새벽으로 기울어지고 현재 살아가고 있는 이 순간 순간을 소중히 성의를 다해 살아가겠습니다.

뜨거웠던 열정의 젊음도 식어가고 따뜻한 정이 담긴 인간의 소리가 그리운 때에 마침 나에게 마음에 묵은 때를 벗겨내듯 글을 쓸 수 있도록 용기를 주고 격려해 주신 선배님, 후배님, 글벗들 진심으로 감사드립니다. 이 책이 나오기까지 산파 역할과 축하의 글을 주신 조경희 회장님, 김영기 선생님, 특히 적극 지원해 주신 정우철님에게 고마움을 전합니다.

이 세상 그 무엇보다도 소중한 나의 가족, 이해와 보살핌으로 도와준 남편, 아들 영일에게 나의 사랑을 바칩니다.

1999년 여름 저자

신정음 수필집

붉은 사과 그리기

차 례

2. 표정관리

4. 사랑의 향기

1

클리프의 시절

가지치기

한 해 동안 내게 많은 것을 주었던 사람들, 한 해 동안 수없이 도전했으나 뒤따라 온 절망들…, 이런 것들을 되새기고 음미하는 일은 마지막 달력 한 장으로는 내게 늘 부족하다. 해마다 묵은 수첩의 지인들의 연락처를 새 수첩에 옮겨 적으면서 감회에 젖는 것은 나만이 느끼는 일이 아닐 것 같다.

올해도 예외 없이 새 수첩에 낯익은 이름들을 옮겨 적는다. 그런데 선뜻 수첩에 옮겨 쓰는 사람과 망설이게 되는 사람, 아예 빼버리는 사람으로 분류가 된다. 일테면 나무에서 가지치기를 하는 것과 같다. 그러고 보니 새 수첩에 이름을 옮겨 적으면서 나도 인간 관계의 가지치기를 하고 있는 셈이다.

이제는 너덜너덜해진 지난해 수첩에는 사람들의 주소와 전화번호가 깨알같이 적혀 있다. 나는 이들 중에서 새해의 출발을 위해 깨끗이 잊고 살아도 될 사람을 큰 맘 먹고 잘라낸다. 새해에 푸른 잎을 무성히 피울 싱그러운 가지만을 골라 그 이름들을 새 수첩에 정성스레 적어 넣는다.

기억력이 아주 좋은 사람은 천 명 정도의 사람을 기억한다고 한다. 우리가 관계를 맺으며 살아가는 많은 사람들 중에는 다시는 만나고 싶지 않은 사람도 있을 것이고, 언제 봐도 좋은 사람, 죽기 전에 한번 더 만나 보고 싶은 사람 등, 여러 유형의 사람이 있지 않겠는가.

모든 인간사의 시작은 서로 만남으로 시작되는 것이다. 우리에게 만남이라는 것이 얼마나 신비한지 나는 그 사실에 전율하지 않을 수 없다. 이런 만남을 불교에서는 업이나 인연이라고 한다. 언제나 보고 싶은 사람은 좋은 인연을 맺고 있기 때문일 테고 그렇지 못한 사람은 악연에 속할 테니, 이러한 인연들이 쌓여서 삶의 고리를 형성하는 것이라 한다. 세상사가 자기 혼자서는 살아갈 수 없다는 데 생각이 미치니 마음마저 처연해진다.

칼릴 지브란의 『부러진 날개』에서 읽은 구절을 나는 오랫동안 잊지 못한다.

"인생은 고독이란 태양 위에 떠 있는 한 점 섬이다. 그 섬의 바위들은 희망이고, 수목들은 꿈이고, 꽃들은 고독이며, 시내는 바로 갈증이로다. 그대들의 삶은 다른 모든 섬과 영토에서 떨어진 단독의 섬이라는 것이니 다른 지방을 향해 그대들의 해안에 와 닿은 배들이 아무리 많다고 해도 그대들은 여전히 비통스러운 고독에 괴로워하며 행복을 갈구하는 한 점 외로운 섬으로 남아 있을 뿐이다."

그의 말처럼 우리는 한 점 외로운 섬이고, 그 섬과 섬 사이를 절망적으로 헤엄쳐 가고 싶은 욕구를 가지고 있는지도 모른다. 그래서 전화와 만남이 섬들을 이어주는 유일한 수단인 배일는지도 모른다.

평소 존경하는 스님을 찾아뵈었을 때 스님께서 자근자근 『비유경』에 나오는 「흑백 이서」 한 대목을 들려주며 인생도 이와 같다 하셨다.

한 나그네가 길을 가고 있었는데 난데없이 미친 듯한 코끼리 한 마리가 나그네를 향해 무서운 기세로 달려오는 것이다. 놀란 나그네는 어디론가 달아나고 싶었는데 사방을 둘러봐야 허허 벌판이고 숨을 곳이 눈에 띄지 않았다.

때마침 벌판 한 가운데에 깊은 우물이 눈에 띄어 나그네는 그곳에라도 숨기로 했다. 다행히 우물에는 내려가기 좋게 긴 덩굴 줄이 늘어져 있었다. 나그네는 덩굴 줄을 타고 우물 안으로 내려가는데 이게 웬일인가!

우물 속에는 징그러운 뱀이 입을 크게 벌리고 나그네를 바라보고 있는 것이었다. 깜짝 놀란 나그네는 허겁지겁 다시 위로 올라오며 사방을 쳐다보았는데 우물 안 사방 벽에는 나그네를 금방이라도 삼켜 버릴 듯 독사가 그를 노려보고 있는 것이다.

나그네는 두려움에 떨며 황급히 덩굴 줄을 타고 우물 밖으로 올라오는데, 이번에는 검고 흰 두 마리의 쥐가 덩굴 줄기를 이빨로 갉아먹고 있는 것이었다. 나그네는 이젠 영락없이 죽었구나 싶었는데 때마침 덩굴 줄기에 붙어 있는 벌집에서 달콤한 꿀물이 한 방울 두 방울 흘러내리는 것이 눈에 띄었다.

나그네는 이때 자신의 처지를 깜박 잊고 흘러내리는 꿀물을 받아먹으면서 황홀경에 빠졌다.

이 나그네의 얘기는 우리 인간의 일생을 그린 것이다. 처음에 만난 코끼리는 어디서 와서 어디로 가는지 모르는 잔인한 시간을 비유한 말이고, 우물은 사람의 인생을 말한 것이다. 우물 바닥의 큰 뱀은 죽음의 그림자를 뜻하며 우물 안 사방 벽의 독사는 우리의 목숨을 표현한 것이다. 그리고 달콤한 꿀물은 바로 타인과의 인간관계에서 빚어지는 오욕칠정을 얘기한 것이다. 오욕 칠정은 사람과 사람 사이에서 빚어지는 희로애락으로부터 모든 위험과 절망을 잊어버리게 할만큼 달콤하고 자극적이지 않는가.

새 수첩에 옮겨진 이들을 다시 들여다본다. 그들에게서 새삼 강한 정이 와 닿는다. 올해에 이들과 무성한 녹음을 드리우고 신뢰의 열매를 맺어 돌아올 새해에도 수첩에 새로 이름을 옮겨 적을 때 기쁨으로 다시 만나지기를 기대한다.

이번에 지난해에 내게 아픔과 고통을 안겨 준 사람들을 나는 나무의 가지치기하듯 미련 없이 잘라 내었다. 그들은 상대를 전혀 고려치 않고 그들의 이익만을 챙기는 사람들이었기에.

　그러다가 혹 나도 다른 이에게 그들처럼 상처를 주지는 않았나 되돌아본다. 인간관계라는 건 어차피 한계가 있는 것이지만 새해에는 나와 인연 지어진 사람들과 더 깊은 신뢰를 할 수 있도록 최선을 다하자 다짐도 해본다. 내 자신을 좀더 희생하자고. 그래서 남을 배려하는 마음의 길이 더 크게 열려지기를 소망한다.

　살아가면서 무엇보다도 어려운 것이 인간관계이다. 그러나 꽃 중에서 가장 아름다운 꽃은 사람이 피워내는 인화(人花)이다. 이 꽃은 다름 아닌 서로의 노력으로 피울 수 있는 것이다. 나도 나와 인연을 맺고 사는 이들과 아름다운 꽃, 인화(人花)를 피워 보기로 한다.

　새 수첩에서 지워진 사람들이 못내 아쉽고 안타깝다. 하지만 흘러가 버린 물로는 물레방아를 돌릴 수 없지 않은가!

　사는 동안 소중하고 값진 삶을 위해, 푸른 잎을 무성히 피울 소중한 나의 가지들을 위해 때때로 가지치기를 하리라 마음먹는다.

클리프의 시절

"얘, 정음아! 너 아직도 클리프 리차드 좋아하니?"

어떻게 내 전화번호를 알았는지 십여 년간이나 소원했던 여고 때 친구의 목소리가 갑자기, 전화선을 타고 흘러왔다.

아직도 미혼이라는 그녀는 시골 고등학교의 선생님이란다. 마침 당직이어서 심심한 차에 혹시나 하고 내게 전화를 넣어봤다는 것이다.

교복 칼라가 새하얗게 빛나던 시절, 늘 함께 몰려다니던 친구는 그녀를 포함해 모두 넷이었다. 학교 앞 뚱보 아줌마네의 새빨간 떡볶이와 우리 얼굴만 하던 찐빵을 축내며, 보충수업 후 휴식시간이면 학교 뒷동산에 올라 윤동주의 시들을 차례로 읊어대며 희희낙락하기도 했었다.

　방과후에도 우리는 곧장 집으로 가지 않고 허허벌판이던 학교 주변을 걸으며 들국화며 달맞이꽃의 향내를 맡으러 쏘다녔고, 비라도 오는 날이면 둘씩 둘씩 우산을 쓴 채로 가슴 떨리는 비밀 이야기들을 주고받으며 키득대곤 했다.

　그러던 어느 날이었던가. 그 유명하던 영국가수 클리프 리차드의 테이프 하나를 살 수 있었다. 당시는 극장이 불량학생들이나 출입하는 것으로 인식되던 때라 소심한 모범생(?)이었던 내가 클리프 리차드를 알게 된 것도 고작 텔레비전의 명화극장에서 방영한 영화 「남태평양」에서였다.

　그 시절 「남태평양」이나 「누구를 위하여 종은 울리나」 등을 보며 펑펑 눈물을 쏟았던 명화극장은 내 꿈의 산실이었으니, 바로 거기서 클리프 리차드가 주연한 청춘영화 한 편에 나는 온통 마음을 빼앗긴 후 그가 단번에 내 우상이 되어버린 것이다.

　우리 넷은 클리프 리차드의 테이프를 듣기 위해 우리 집으로 모였다. 그때 친구들도 나만큼 클리프에 열광했는지 어쩐지는 기억에 없지만, 나는 그에 대한 열렬한 찬사를 쏟아놓았고 빨갛게 상기된 얼굴로 친구들까지 들뜨게 만들었다.

　나는 다소 의기양양한 얼굴로 레코드의 플레이 버튼을 눌렀다. 그런데 이게 웬일인가. 응당 흘러나와야 할 달콤한 클리프의 목소리가 나오지 않은 것이었다.

혹시 기계 고장인가 싶어 버튼을 몇 번씩 누르고 플러그를 확인하고, 비교적 새 것이던 레코드를 수 차례나 두들기는 등 법석을 떨다 끝내는 자존심 구겨진 얼굴로 "테이프가 고장인가 봐, 바꿔 달래야겠어" 하며 가게주인인 노랑염색 머리 아줌마를 욕하기 시작할 무렵에야 목메게 기다리던 클리프의 노래가 나오기 시작했다.

그런데 웬걸, 그 목소리는 꿈꾸듯 달콤한 것이 아니어서 또 한번 나를 실망케 했다. 그것은 「더영원스」 같은 감미로운 노래가 아닌, 「데빌 우먼(악마여인)」 어쩌고 하는 시끄럽고 거칠기까지 한 그의 신곡이었던 것이다.

노래가 시작되기까지 유난히 뜸을 들여 내 자존심을 온통 구겨 놓았지만 그 테이프의 뒷면에 「더영원스」를 비롯한 예의 그 부드럽고 감미로운 노래들이 고스란히 담겨져 있어서 그나마 다행이었다. 그때 엉뚱하게도 시끄러운 노래가 먼저 나와 민감한 내 비위를 건드렸던 그 날들…….

그런 후 어느 점심시간에 교내 스피커에서 「더영원스」가 흘러 나왔을 때 시골 학교 교사가 된 그 친구가 의미 있는 미소를 싱긋 지으며 내 얼굴을 빤히 들여다보았다.

그 땐 클리프의 노래를 들으며 온통 나를 위해 불려지고 만들어진 것인 양 흔쾌한 심정이었다. 지금 이 시간 옛 기억들이 다시금 나를 달뜨게 하고 있는 것이다.

한 순간에 울고 웃기 잘하던 나와는 달리 목소리부터가

늘 차분하고 이성적이었던 오늘 전화를 건 친구는 외국 가수에 열올리는 나에게 한번도 핀잔도 주지 않았다. 오히려 나의 그런 열정과 감수성이 부럽다는 표정으로 조용히 미소를 짓곤 했었다.

그러던 우리도 고3이 되면서 서리맞은 학교 주변의 들꽃처럼 메말라갔다. 학교 동산에서의 명시 읊기도 더 이상 계속되지 않았고, 어머니가 정성스레 싸오시는 따끈한 국과 도시락을 학교 옥상에서 나눠 먹으며 우정을 계속해 나갔을 뿐이었다.

일년만 더 학교 동산에 모여 시를 읊고 인생을 논하고 서로의 비밀한 이야기들을 나눌 수 있었더라면….

때때로 공부하다 지치면 모여앉아 "열심히 공부하다 하다 안되면 거기나 가지" 하며 우습게 여기던 대학으로 우리 넷은 뿔뿔이 흩어지고 말았다.

미국에 온 후로 나 자신과 식구 외에는 작은사랑조차도 진지하게 나누지 않는 철저한 이기주의자가 되어 있는 나를 발견하고 흠칫흠칫 놀랄 때가 있다.

머리로는 뜨거운 사랑과 삶의 열정들이 인생을 참되게 엮는다고 생각하면서도 이웃과의 얘기는 잡담으로 간주하고, 누군가의 방문은 거추장스런 일로 치부해 귀찮게 여기는 나를 보기 때문이다.

이제 나는 어느 한 순간도 클리프 리차드의 꿈은 꾸지 않는다. 오히려 하찮은 가수에게 괴성을 지르며 달려드는 소녀들에게 눈 흘기는 나이가 되어 버렸다.

그런데 10여 년만에 걸려온 친구의 전화 한 통화로 겹겹이 먼지 쌓인 그 옛날의 테이프를 다시 꺼내 듣고 싶어졌다. 여고 졸업 후 30여 년간의 그 덕지덕지 묻은 내 마음의 먼지를 말끔히 털어 내고 싶어졌다.

자신을 잃고 '영일이 엄마'로 살아가는 나와, 노처녀 시골 선생님과 뉴욕에서 비즈니스를 하고 있는 C와 책가방 들고 몰려다니던 그때 그 시절처럼 동그랗게 둘러앉아 클리프의 옛노래를 다시 듣고싶다.

옛 친구들과 한 시절 추억 속에 파묻혀 다시 한 번 수다스럽고 눈물 많은 소녀로 돌아갈 수 있다면, 혼자의 껍질 속에 웅크리고 있는 오십 줄의 아줌마는 윤동주의 명시들을 소스라치는 심정으로 외우고 하찮은 들풀도 다시금 소중히 바라보며 아름다운 나날들을 이어갈 수 있으리라 믿어진다.

향기로 남고 싶다

사람이 살아가는데 모두 좋을 수는 없겠지만 행복하게 얼마간이라도 살 자격은 있는 것이다.

올 6월은 내게 참으로 좋은 체험을 하게 해준 달이다. 나는 사람의 향기가 나는 곳에서 살고 싶어진다.

오늘따라 일광이 무척이나 따사롭더니 빛이 서녘 창으로 기울어진다. 이제 어둠이 밤을 가득 채워갈 것이고 나는 오늘의 일을 되새기고 있다.

내 생의 마감 날 같은 의식으로 밤을 보내고 새롭게 탄생되는 아침을 맞을 때마다 나는 황홀한 감사가 마음속에 뜨거움으로 일어난다.

영원이라는 그 무한의 시간 속으로 어제의 나를 묻고 나는 나이지만 분명 어제의 내가 아닌 나로 아침을 맞이하기 때문이다.

나는 인간이라는 숲 속에서 어떤 향기를 내며 살아왔으며 또 살아가는가? 값비싼 향수를 온몸에 뿌려서 내는 그런 인위적인 향기가 아니라 마음속 깊은 곳에서 자연적으로 우러나오는 인간의 향기, 그 향기는 삶의 보람을 가꾸며 인간답게 살면서 가정이나 사회에서나 생존질서 안에서 내는 생명의 향기인 것이다.

사람답게 산다는 것은 내가 나답게 되어간다는 것이며 내가 나답게 산다는 것은 그 무한한 시간 속으로 잠적해 버린 잃어버렸던 나를 생명체의 결정체로 다시 만나는 길이다.

젊음의 값비싼 자산을 가지고 패기 넘친 자신감으로 어떤 일이고 적극적이던 나는 어디 가고, 자신감 없이 노을 깔린 풍경 속에 날개 접은 새의 흔들림으로 움츠리고 있는 것인가.

그동안 인간이 사는 울안에서 단맛 내고 향기로운 내가 되고자 무던히 애쓰는 가운데 고통과도 친숙해질 수 있었다. 그러나 흰머리의 무거운 나이를 이고 아직도 인간이면서도 인간다운 향기를 내지 못하는 나는 자신이 부끄럽고 안타깝다.

산다는 것이 무엇이며 어떻게 살아야만 사람답게 사는 것인가 하는 명제 앞에서 분명 산다는 것은 자아실현을 하기 위한 것이고 그 목적은 자아완성일 것이다. 그렇다면 나는 나로 완성되어가고 있다고 자신 있게 스스로에게 답할 수 있을까?

젊은 날 황금 같은 시간은 사라지고 젊은 날의 기억만 먼 그리움의 화석이 되어버리고 말았다. 절망으로 쓰러지지 말고 좀더 열심히 사랑하고 살았더라면 지금쯤 내겐 가슴 벅찬 기쁨의 열매를 수확할 수 있었을 텐데…….

그러나 어찌하랴. 한번 가버린 시간은 땅에 쏟아진 물처럼 주워 담을 수 없는 것을. 진정으로 사랑이 뭔지 잘 알지 못하는 사람에게 죽도록 사랑을 쏟아붓듯 퍼부었지만 진정 그 의미를 모른다면 얼마나 불행한 일이겠는가.

행복하고 싶다는 꿈으로 오랜 세월 사랑의 집착에서 벗어나지 못하고 갈팡질팡 허우적거리고 있다. 진실한 사랑, 아름다운 사랑은 환상 속에만 있는 것을. 그토록 사랑에 대한 애착으로 헤어나지 못하고 괴로웠던 시간 속에서 이젠 벗어나고 싶다.

나의 고통, 외로움을 깃털처럼 쓸어주고 가는 노을은 어둠 속으로 스며들고 나는 삶의 방향을 잡지 못해 방황한다. 그러나 붙박이 별 하나가 내 곁에 있음을 위안으로 한평생을 살고 있다. 별이 있기에 지금까지 깨어져 버리지 않고 추락하지 않고 일상의 모든 구석에서 일구어내야 할 의구심을 가라앉히면서 별을 사랑하는 힘으로 여기까지 올 수 있었던 것이다.

빛나는 별…. 나는 사랑하는 아들인 별이 있기에 지금까지 버티며 살아오지 않았겠는가.

먼 훗날 사랑하는 아들에게 또 나를 아끼고 사랑하는 사람들에게 나는 어떤 모습의 흔적으로 남을 수 있을까.

나는 그들에게 향기로 남아 있길 소망하며 오늘도 나의 흔적을 남기며 또 지우며 살고 있는 것이다.

사랑의 분노

어른노릇, 사람노릇하기가 말처럼 쉽지 않다. 사랑과 너그러운 마음으로 원수까지 용서하고 사랑하는 사람으로 승화되어야만 하는 것이다.

처음 미국 땅을 밟은 지 얼마 안되어 일어난 일이다. 우리는 시카고에서 조금 떨어진 서버브에 있는 월링이라는 동네에서 살고 있었는데 아무리 동네를 둘러 봐도 검은머리의 동양인은 눈에 띄지 않았다.

그때 나는 하나밖에 없는 아들에게 매달려 불면 날세라 공들여 키우고 있었다. 그애에게 용기와 정신력, 투지력을 길러 주고 싶어서 태권도 도장에도 보냈다.

어느날 오후 저녁 준비를 하고 있는데 옆집에 살고 있는 미국인이 찾아와서 아들이 밖에서 놀다가 머리를 다쳐서 앰뷸런스에 실려 갔다는 것이다. 아직 미국 생활이 익숙지 않은데다 영어 실력마저 딸리는 나는 몹시 당황했고, 손발이 떨려 갑자기 아무 생각도 할 수 없었다.

잠시 마음을 가다듬고 남편에게 전화를 했다. 황급히 달려온 남편과 병원으로 차를 몰았다. 아들은 이미 응급실로 들어간 후였고, 나는 덜덜 떨리는 몸을 의자에 기댄 채 안절부절못하고 있었다.

그런데 내 앞을 지나는 사람마다 나를 한번씩 쳐다보고 지나가는 것이었다. 이상한 생각에 아래위로 훑어보니 발에 있어야 할 신발이 신겨져 있지 않은 것이었다. 민망스럽고 창피하여 발가락을 꼼지락거리며 아들이 나오기를 기다렸다.

얼마를 기다린 후에 걸어나오는 아들을 보면서 눈물이 왈칵 쏟아지고 그때의 기막힌 심정은 말로 표현할 수가 없었다. 다행히 큰 사고는 아니라는 의사의 말에 조금은 안심이 되었다.

집으로 돌아와 아들의 얘기를 들어보니 자기보다 몇 살 위인 미국인 친구가 자전거 점프를 한다며 아들에게 땅바닥에 누워 있으라고 했단다. 미국 생활도 익숙지 않고 영어도 잘 알아듣지 못하는 아들은 얼떨결에 그냥 땅바닥에 누워 있었다. 한참을 누워 있어도 자전거가 지나가지 않아서 그냥 일어나는 순간, 속력을 내어 달려오는 자전거가 내 아들의 머리를 치고 지나갔다는 것이다.

아들의 말이 끝나고 시간이 한참 흘렀는데도 나는 분노가 가시지 않았다. 분을 참지 못한 나는 벌떡 일어나 그애의 집으로 달려갔다. 문을 열고 나오는 아이를 보자마자 나도 모르게 그애를 한 대 갈기고 말았다. 그때 나는 내 아들을 사랑한다는 것만 머리 속에 가득했을 뿐이었다.

그러나 문제는 그 때부터 시작되었다. 저녁 늦게 그 아이의 부모에게서 전화가 걸려 왔다. 어떻게 어른이 아이를 때릴 수 있느냐며 경찰에 보고하고 변호사를 사서 고소를 하겠다고 으름장을 놓는 것이다.

나는 여전히 분이 풀리지 않은 상태였기에 마음대로 하라고 배짱을 부렸다. 그 뒤로 변호사 사무실에서 편지가 날아오고 경찰이 찾아오고 복잡해지기 시작했다. 우리는 미국법도 잘 모르고 생활 습관도 채 익히지 못하던 때라 또 한번 힘겨운 일에 부딪친 것이다.

그후 양쪽의 변호사가 조정하여 그쪽에서 고소를 취하하였다. 뒤에 안 사실은 그 아이는 여러 차례 문제를 일으켰단다. 한 번만 더 일을 저지르면 소년원으로 가게 되어 있었다는 것이다.

어찌 부모로서 자식을 형무소로 보낼 수가 있겠는가. 그쪽 부모 역시 자식을 위해서 고소 취하를 한 것이다. 그토록 자식에게 쏟는 사랑은 그 무엇과도 바꿀 수도 막을 수도 없다.

그때 나는 자식을 사랑한다는 명목으로 잔혹한 일을 해서는 안 된다는 것을 혹독하게 경험하고 깨달았다. 또한 그 사건은 두고 두고 내 자신에게 부끄럽다.

체험을 통해서 사랑, 인간관계, 인격교육에 관한 것을 많이 배웠다. 인간 한 사람 한 사람의 사랑이 따뜻한 관계를 맺게 해줄 때 인간성을 회복하는 것이리라. 인내하며 참을 줄도 아는 것도 지혜로운 사랑의 다른 색깔일 것이다.

이제 세월이 많이 흘러 20년이 지난 이야기가 되었다. 어느덧 28살로 장성한 아들의 모습이 대견할 뿐이다.

진리를 열애하는 까닭은

소망이 있다면 성내지 않고 어진 마음으로 사는 것이다.

러시아의 대문호인 톨스토이는 일생 동안 진리와 실생활과의 조화를 꿈꾸며 유랑의 길에 오르다가 눈 덮인 아스타포보의 시골에서 "나는 진리를 열애한다"는 말을 남기고 숨을 거뒀다.

'진리를 열애한다.' 이 말에 나는 눈을 감으면서까지 진리를 사모하는 대문호의 열렬함에 숙연해지면서 전율하는 것이다. 톨스토이의 어떤 간절함이 82살의 노구를 이끌고 유랑의 길에 오르게 했을까 하는 궁금증에 빠지기도 한다.

요즘 들어 나는 톨스토이의 말년에 대해 깊은 관심을 갖게 되는데 보잘것없는 나의 삶을 그의 삶에다 대입시켜 보는 것이다.

톨스토이의 생은 선(善)에 대한 끝없는 희구였다고 할 수도 있다. 그는 인생의 의의는 선을 실천하는 노력 속에 있다고 믿었으며 모든 사람들은 이 목적을 향해 살아가야 한다고 주장했다. 왜냐하면 선의 실천은 사랑으로 가능하고 인간은 선을 실천할 때만 사랑과 일치될 수 있다고 믿기 때문이다.

돌아가신 시어머님께서는 불교 신자였다. 시어머님께서는 "사람은 누구나가 자신의 내면 앞에 상반된 두 개의 얼굴을 갖고 있으니, 그것은 바로 천상의 얼굴과 지상의 얼굴이다"고 말씀하였다. 지상의 얼굴은 불교 교지로 해석하면 육도중생의 얼굴을 말하는 것이며 육도중생은 육도 윤리를 말하며 '돌고 돈다, 배회한다'는 의미를 갖고 있다.

증오의 감정이 극에 달하면 '지옥에 떨어진다' 하고, 사랑의 감정이 가슴을 채우며 '천상에 오른다'고 한다. 이 말을 떠올리는 것은 내 삶이 번뇌로 가득 차 있기에 이쯤에서 그만 번뇌에 종지부를 찍고 싶어서였다.

삶이란 무엇인가, 어떻게 살아야 하느냐는 문제에 깊이 탐착하게 되면서 53년이 넘는 세월이 흘러간 지금, 나는 시어머님의 말씀을 떠올리며 삶의 해답을 얻곤 하였으며 부처님 말씀을 지표로 삼아 자비로 사신 시어머님을 존경한다.

톨스토이가 노구를 이끌고 길을 나서야 했던 그 절박한 심정을 더듬고 있노라면, 이내 나의 가슴이 뜨거워지며 한없는 경애를 보낸다. 그러면서 나의 인생행로를 다시 한번 되짚어 보는 것이다.

우리에게 진정한 애정은 무엇인가? 우리는 사랑하는 사람끼리 체온이 교감될 때만 가능한 것이라고 믿는다. 내 자신이 일생을 통해 발견한 진리는 온기 없는 글로 써서만이 아니라 애정이 담긴 말로써 사랑하는 사람에게 전달하고 싶기 때문이다.

내가 글을 쓰는 것은 나의 가치관에 묶여 부질없이 괴로워하고 가이없는 인간애인 동시에 자신의 삶이 공허하게 끝나지 않게 하기 위한 나의 마지막 몸부림인 것이다.

톨스토이의 마지막 생애에 대해 자꾸 관심이 가는 것은 무슨 연유에서일까. 내 자신을 확인해 보고 싶어서이다. 인연 지어진 영원한 사랑을 위해 새벽 별빛 아래서 두 손 모으고 간절히 빌어본다.

모두가 팔자 탓

　'팔자 탓'은 역경을 견디는 끈기는 되지만 운명을 이기는 의지는 없다. 모든 걸 운으로 돌리고 체념해 버리면 일단 마음은 편하겠지만 가슴 깊이 웅어리진 한은 어쩔 것인가.

　서양여자라면 벌써 이혼을 했든지 아니면 자살이라도 했을 것을 한국 여자들은 자신의 행불행을 대부분 팔자 탓으로 돌린다. 잘 되건 못 되건 팔자이고 남편이 하는 사업도 잘 되건 못 되건 팔자이려니 한다.

　어떤 남자는 자신이 사업에 실패한 것을 아내 탓으로 돌리는 사람도 있다. 이렇듯 꼭 자신의 불행을 누구에 의해서 잘못되었다며 언제나 남의 탓으로 돌리는 못된 근성이 우리에게는 있다. 때론 조상까지도 들먹이는 것이다.

우리 나라 사람들은 다른 나라에 비해 자살율이 매우 낮다고 한다. 자신에게 닥친 불행을 팔자 탓으로 돌리기 때문에 불행을 견디는 힘이 되는지도 모른다.

자살이란 자신에 대한 공격 행위이다. 서양인의 높은 자살율은 그들의 강한 책임 의식에서 기인된다고 하면 지나친 편견일까. 그들은 잘못된 일에는 책임을 자신한테서 찾는다. 자신의 실수를 인정하고 자책감 죄책감으로 자신을 공격하는 것이다. 그러나 우리의 경우는 내가 아니고 남 때문이거나 팔자 탓으로 돌린다. 남이면 원망할 것이요, 팔자라면 팔자만 탓하는 것이다. 그런 면에서 우리 나라 사람들의 팔자타령은 자살을 막는데 지대한 공을 세우는 듯하다.

팔자란 누구도 어떻게 할 수 없는 불가항력이다. 거역할 수도 없다.

"당신의 운명을 믿습니까?" 하는 질문에

"믿지요. 그러나 꼴 보기 싫은 사람이 출세하는 걸 보면 운명이 아니고야 달리 설명할 길이 없는 걸요."

이건 무지한 익살이다. 모든 것을 체념해 버리면 우선 마음이야 편할 것 같다. 하지만 편할 수만은 없지 않겠는가. 가슴 깊이 응어리진 한이 그대로 남아 자신을 야금야금 갉아먹고 있으니까.

결혼생활에서 오는 불행함은 하늘이 남편과 짝지어 주고

자식을 낳게 한 것이지 내 탓이 아니다. 죄라면 전생에 저지른 것이지 지금의 나는 아니다. 하늘이 내린 뜻이니 승복하고 받아들이는 길밖에 없다며 인생 자체를 체념하며 사는 것이다.

정신 자세가 이쯤 되면 누구나 어떤 곤경도 견딜 수 있지 않겠는가. 이 팔자탓은 역경을 견디는 강점이다. 하지만 역경을 버티는 끈기는 될 수 있을지 몰라도 역경을 극복하는 개혁에의 의지는 되지 못한다. 팔자로 받아들일 뿐 생각 않기로 하는 것이다. 그래서 발전이 없다는 게 팔자 탓의 결정적 취약점이다.

나 역시 참고 견디며 여기까지 잘 살아왔는데 하며 내 자신에게 최면을 걸 듯 살아왔고 살고 있다. 하긴 지난 세월을 생각하면 끔찍한 짓도 서슴없이 했다. 한때는 자살을 생각할 정도로 자학을 하며 나를 공격하였다. 일종의 폭발 같은 거였다. 되돌아보면 이성적 행위가 아니었기에 후회만 남는다.

나에게 닥친 어려움을 못 이겨내고 팔자 탓으로 돌린다면 제자리걸음뿐이지 희망은 없는 것이다. 모두가 팔자 탓이려니 하며 내 인생을 이 상태에서 멈추어 둘 수만은 없지 않겠는가.

심은 대로 거두는 사람

　궁핍할 때 도와주는 친구가 진정한 친구이다. 진정한 친구라면 도움이 필요할 때 그대를 기꺼이 도와줄 것이다. 진정한 인간관계가 성립되느냐, 그렇지 않느냐는 상대방이 위기에 처해 있을 때, 결국 내가 어떻게 행동하느냐에 따라 좌우된다고 할 수 있다.

　누구나 위기에 처하게 되면 심리적으로 불안해지고 위축되며 도움을 그 어느 때보다 더 기대하게 된다. 그래서 위기에 처해 있는 이에게 위로를 해주고 용기를 북돋아 주면, 그 사람은 위기를 극복하는데 큰 힘을 얻게 된다. 그러나 상대방이 위기에 처해 있을 때 무관심한 척 인정의 기미를 보이지 않는다면, 아무리 좋은 관계를 맺어왔다 할지라도 두 사람의 인간관계는 영원히 구제될 수 없는 적대 관계로 발전될 수밖에 없다.

남편은 20년 전에 상당히 어려운 분야의 사업을 시작하였다. 사업의 동반자는 선생님과 제자 관계였다. 그 사업을 위해 열심히 뛰며 어렵게 일하는 남편을 지켜보면서 인간이 지니고 있는 양면성을 철저히 피부로 체험을 하였다.

사람들이 사는 데는 반드시 기본적인 도덕이 존재한다. 사업을 하는데도 최소한의 기본적인 신의와 예절이 필요하다. 고용인이 피고용인을 인격적으로 대하지 않고 월급만 주고 일이나 부려먹는 기계로 생각한다든지, 고용인이 자신의 주머니만 생각하는 비도덕적인 행동은 노사간의 불화와 불신을 낳는다.

사람에게 은혜를 베풀면 언젠가는 알게 모르게 그 대가를 받게 될 것이며, 피고용인이라도 인격적으로 대우하여야 하며, 사업상 별 필요 없는 사람이라고 해서 하찮게 여기고 인색하게 대해서는 아니되는 것이다.

그 우물을 다시는 안 먹는다고 뒤돌아서도 언제 어떠한 연유로 해서 다시 그 우물을 찾을 때가 있듯 인간관계 역시 무 자르듯 쉽게 잘라서도 아니 되는 것이다. 다시는 안 볼 듯이 돌아섰지만 인연이라는 것은 언제 어디서 또다시 만나게 될지 알 수 없다. 원수는 외나무다리에서 만난다는 말도 있지 않은가.

남편은 사업을 하면서 다색 인종을 포함해 여러 부류의 사람들을 만나 상담을 하여야 한다. 그들 중에는 참으로 묘한 사람들이 있다.

내가 참을 수 없는 부류 중에는 야비한 행동을 하는 간신배 같은 사람, 머리가 땅에 닿도록 조아리면서 쓸개까지 빼줄 듯 하다가도 자기가 원하는 일이 일단 성취되면 내가 언제 그랬냐는 듯 돌아서는 사람이다.

선생과 제자 사이란 사업에서 어떤 관계인가? 또 친구 사이란 어떤 것이며, 허물없는 사이란 어떤 사이를 의미하는가?

친구가 아무리 초라한 신세가 되었을 때 반갑게 맞아 주는 친구가 진정한 친구이다. 그런데 요즘은 세상이 요지경 속으로 변하여 친구 사이도 돈으로 연결고리가 형성되고, 그래서 진정한 친구관계가 소원한 현실이고 보니, 어찌 한심하고 가슴 아픈 일이 아니겠는가.

위기는 극복하면 원상태로 회복될 수 있지만, 위기를 맞아 사람에게 입은 마음의 상처는 아무리 노력한다 해도 원상태로 돌리기는 매우 힘든 일이다.

한치 앞을 내다볼 수 없는 것이 우리의 인생이다. 오늘 위기에 처해 있다가도 내일 더 좋은 상황으로 변할 수 있는 것이 인생이며 사업도 마찬가지이다.

인생을 엮어 나갈 때 일정한 부분에 얽매여 소인배 같은 행동을 보이기보다는 인생 전체를 보고 넓고 깊게 행동하는 대인이 되어야 할 것이다. 자신의 욕심 채우기에만 급급하여 상대방을 배신하는 일은 이성적인 사람의 행동이 아니다. 세상을 원만하게 살아가기 위해서는 남보다 조금 손해를 보며 사는 것도 좋은 일이다. 지금 당장 눈앞의 이익만 생각하여 상대방에게 손해를 끼치게 되면 언젠가는 그 이상의 손해를 보게 된다.

친구가 위기에 처해 있을 때 도와주고 위로해 주는 게 진정한 의미의 도움행동이다. 인간은 혼자서는 절대로 살아갈 수 없다.

우리 사회에는 여러 사람이 보이지 않는 줄로 맺어져 서로 도움을 주고받으면서 함께 웃고 울며 살아가는 것이다. 서로가 사랑을 베풀고 은혜를 베풀 때 진정으로 아름다운 인간관계가 이루어지는 것이다. 아무리 돈이 수십 억이 된다 해도, 최고 학력을 가졌다 해도 그의 곁에는 친구가 있어야 하고 가족이 있어야 하는 것이다.

다섯 해 남짓 됐는가 보다. 남편은 사업을 하면서 인간관계에서 상처를 많이 받았다. 배신감도 맛보았고 어처구니없는 일도 겪었다. 그럴 때마다 남편은, 내가 조금만 생각을 바꾸면 된다. 내가 조금 더 양보하고 인내하면 된다면서 위기를 극복해 나갔다. 결코 쉬운 일이 아니었음에도 남편은 겸손했고, 용기를 잃지 않는 꿋꿋한 모습을 나에게 보여주었다.

그런데 우리에게는 때때로 뜻하지 않은 곳에서 도움이 손길이 있으니 참으로 세상사 모를 일이다.

한국에서 살 때 우연치 않게 자주 마주치는 분이 있었다. 어느 날 남편이 "여보, 참 우연찮게 그분을 또 만났어. 어떻게 그 바쁜 시간에 또 만나게 되었을까."

남편의 말에 그 당시에는 무심히 들어넘겼는데 얼마 후 남편은 그분과 절친한 관계가 되고 서로 존경하는 멋진 동지가 되었다. 아마 이런 일을 보고 전생의 깊은 인연이라고 말하는 게 아닐까. 남편과 그분과의 만남은 정말로 좋은 인연이라고 말해도 좋을 듯 싶다.

그분은 남편이 사업이 힘들어 마음 고생을 할 때 큰 위로자가 되어주었다. 그분의 도움으로 남편의 사업은 위기를 넘기고 지금은 상승가도를 달리고 있다.

우리 부부는 그분에게 영원히 감사하며 산다. 지혜로운 사람의 삶에서는 빛과 향기가 난다고 한다. 아마도 두 분의 인간관계에서 풍기는 향기를 두고 하는 말이 아닌가 하는 생각이 들었다.

"관직의 다스림은 공평함보다 더 나은 것이 없고 재물에 대해서는 청렴함보다 나은 것이 없다"고 한다. 나는 재물에 대해서는 이 두 분처럼 청렴해야 한다고 생각한다. 청렴의 의미를 까마득히 잊고 살아가는 사람들이야말로 얼마나 탐욕스런 사람들인가. 물질이 충분한데도 적다고 말하는 사람은 평생 어느 것에도 만족할 줄 모른다.

1992년은 남편이 몹시 힘들어 할 때이다. 그 어려운 중에 남편이 고국 방문길에 올랐다. 나는 조금이라도 남편에게 위로가 되고자 편지를 써서 남편 주머니에 넣어주었다.

사랑하는 당신에게.

여보! 지금 당신이 타고 가는 비행기가 어느 상공쯤에 떠 있는지 모르겠군요. 옛말에 '거경신'이라는 말이 있는데 한 번 약속한 것은 어기지 않는다는 뜻입니다. 옛날 중국 한나라에 범식이라는 이가 그 친구 장원백과 봄에 이별을 하면서 그 해 가을 구월 보름에 다시 만나기로 약속하고 친구와의 약속을 지키기 위해 찾아온 데서 유래된 말입니다. 거경은 범식의 자로서 그 후 거경신이라는 말이 생겨났던 것입니다.

약속을 지킨다는 것은 믿음이 바탕이 된 인간의 훌륭한 품성이지요. 믿음이 없는 곳에는 불신만이 팽배하여 함께 일할 수도 없고, 또 함께 살수도 없기에 약속의 틀마저 무너질 것입니다.

오늘 우리의 가정이나 사회에 믿음을 잃는다면 살기가 쉽지 않을 것입니다. 믿음을 잃는다면 서로 경쟁적으로 자신만을 생각하는 독선적인 행동, 이익만을 추구하려는 개인 이기주의가 팽배할 것이기 때문입니다.

인간에 대한 편견을 가지게 되는 데에도 그 원인이 있을 것입니다. 요즘 당신은 매사에 힘들어하고 특히 인간관계에서 실망을 하는 것 같습니다. 그러나 괴로움 중에서도 당신은 할 수 있다는 신념을 잃지 않고 지혜롭게 극복해나가는 당신이 자랑스럽고 든든합니다.

언젠가 당신이 말한 적 있었지요. "나는 어떤 일이 있어도 성공할 것이며, 올곧게 세상을 살 것이다"라구요. 나는 당신의 말을 믿어요. 믿고 말고요. 믿음이란 스스로가 만들어 가야 한다는 것을 다시 느끼면서 채근담의 구절을 떠올립니다.

"사람을 믿는다는 것은 사람이 반드시 모두 성실하지 못할지라도 나만은 성실하기 때문이요, 또한 사람을 의심한다는 것은 사람이 반드시 모두 속이는 것은 아닐지라도 자기가 먼저 남을 속이기 때문인 것이다."

여보! 서로 어울려 살아가야 하는 삶의 터전에서 서로를 불신하게 된다면 불행한 일일 것입니다. 그리고 항상 두려움과 배신의 어두운 그늘에 덮여 있다면 진정한 인간관계를 유지하기도 어려울 것입니다. 그렇다고 상대방의 믿음을 실제 저울에 달아 확인해 볼 수도 없는 일이고, 도가니에 넣어 실험해 볼 수 있는 성분의 것도 아니지 않습니까.

오직 믿음은 서로의 보이지 않는 진실한 마음의 부딪치는 힘만이 확인해 줄 수 있는 것이지요. 가정에서나 사회에서나 서로가 조금씩 양보하고 이해하고 믿음으로 반석을 깔고 진실한 통로를 가짐으로써, 가정의 화목도 회사의 발전도 가져올 수 있고, 또 더욱 성장해 갈 수 있다고 생각합니다.

모든 것이 무너져 내릴 때 찾아드는 허망함, 믿음의 약속이 지켜지지 않고 부서져 나갈 때 오는 고통, 이를 어떻게 말과 글로 다 표현할 수 있을까요? 그러나 인내하면 길이 있고, 길이 있는 곳에 뜻이 있고, 기다림 속에 반드시 진실은 찾아들 것입니다.

한 기업을 경영해 나가다보면, 실수도 있을 테고 실망도 더러 있을 것입니다. 그러나 어느 누구 못지 않게 열심히 최선을 다했을 때 찾아드는 성취감, 그래서 다가오는 기쁨은 오직 당신만이 맛볼 수 있는, 그 무엇에 비할 수 없는 삶의 큰 기쁨일 것입니다.

사회가 점점 잘못된 소비풍조에 휩싸여서 정신을 못 차리고, 남녀노소 할 것 없이 쾌락주의와 한탕주의에 빠져 부정과 부패의 온상이 되고 있는 게 한국의 현실입니다. 욕심 같아선 무분별한 소비를 통해 부를 과시하는 대신 어려운 사람들과 부를 함께 나누어 가진다면, 이 얼마나 가슴 뿌듯한 일이겠습니까.

나는 당신을 믿습니다. 어떠한 일에 부딪치더라도 당신은 신뢰와 믿음을 갖고 처신해 나가실 것이라고 믿습니다.

여보! 재물도 사실은 재물이 우리를 따라와야지, 우리가 재물을 따르려 한다면 참으로 고달픈 삶이 될 것입니다. 채워도 채워지지 않는 것이 사람의 욕심이라고 합니다.

　부디 좋은 성과를 이루실 거라고 믿으며 편안한 마음으로 가벼운 여행길이 되시길 바랍니다. 짧은 시간이지만 건강에 유의하세요.

흔들리고 있는 내게

　사람! 참으로 복잡하고 정묘한 기계다. 인생! 참으로 슬
프고도 재미나는 연극이다. 사람마다 삶의 방식이 다르고,
사람마다 나름대로의 철학이 다르고, 사람마다 각자의 인생
여로가 달리 있다는 것을 이제사 인정하게 된 늦배기 나는,
자신과 오늘 마음 편하게 인생의 한 자락을 논하고 싶다.

　운명론자는 세상에 태어나는 것도 죽는 것도 모두 운명이
라는 별로 정해져 있다고 믿는다. 그들은 체념이라는 약방문
을 안고 침묵하고 산다.

　또 악바리들은 더 많이 갖고, 더 많은 권력을 잡으려고
그러면 행복해지기라도 하는 듯 착각하며 수단과 방법을 가

리지 않고 몸부림치며 악바리처럼 노력만 한다.

불의한 사람은 도처에 깔려있는 불행도 악운도 자기만은 피해가고 오직 행운만이 찾아오기 바라며, 남을 해치고 양심을 팔아 넘기고 부정을 저지르고 불의와 타협하는 이도 있다.

나는 황금만능주의와 인간 상실과의 싸움에 평생을 걸면서 그들은 얼마나 미워했던가. 그런데 지금 와서 내가 그들의 이기주의와의 싸움에 지쳐서 흔들거리며 타협하고 싶다고? 눈감고 아예 안보면서 편안하게 살고 싶다고? 힘의 한계를 알았다고?

나의 변명은 성숙이 아니라 패장의 때묻은 비겁, 극락도 지옥도 공존하는 이 세상이지만 이러한 이기주의자들을 용서할 수도 용서해서도 안되는 양심 부재가 통용되는 데서 인간 타락이 시작된다고 펄펄 뛰던 대쪽같은 나의 정의감은 지금 어디로 갔는가.

적당히 타협하고 적당히 넘어가 주는 아량을 참을 수 없는 비겁성으로 몰아 붙이고 한 치의 어긋남도 한 줌의 허위도 약간의 가식도 용서 못하고 따지고 나무라며 싸우자고 했었건만 그런 나는 어디로 실종되었는가.

이래도 고개를 끄덕이며 그 말도 맞다는 꼴이 참으로 보기 싫다. 모난 돌 철부지 고집통이란 상처투성이의 훈장을 달고 천방지축으로 뛰어 다니던 그때가 그립다.

얼마나 힘들고 좁고 불편한 길을 달려왔나 싶어 새삼 혼자 애처롭다는 나 자신에게 또다시 인생이 주어진다면 틀림없이 나는 그 길을 곧바로 뛰어 갈 것이다.

손바닥의 표리를 알 듯 인생의 표리, 사랑의 표리, 선악의 표리를 알면 인생의 절반은 이해한 것이 아닌지, 지나온 길 되짚어 보니 파지 구기듯 박박 구겨 던져 버리고 싶을 때도 많았다.

마음에도 없는 말로 상대방을 건드려 놓고 돌아서서 후회하던 것처럼 감정을 추스리지 못해 밤새 어지럽게 쓴 원고지를 찢어 버린 아침은 마음이 혼잡하다.

하루에도 몇 번씩 마음의 밀물, 썰물에 실려 가면서도 태연한 듯 겉으로 드러내지 못하고 누르고 참고 이겨내려는 반면, 폭발하고 싶고 뛰쳐나가고 싶은 욕구가 더 많아지면 심장의 맥박은 무섭게 오른다.

늦은 밤, 아무에게나 전화하고 싶고 아무나 만나고 싶은 만큼 가슴이 엉망일 때, 사랑하는 아들이 눈에 들어와 얼굴은 눈물로 범벅을 이룬다.

지나온 날들이 오늘과 결코 무관하지 않다는 것을 알고, 그래도 내내 여리고 곱게 살려는 그 의지를 하루하루 첫날같이 최선을 다하려는 자세는 차라리 눈물겨운 몸부림이다.

체념이란 빨리 할수록 좋다고 말하는데, 자기를 부정하고 학대하고 자신에게 절망하는 이 형극의 길에서 새로운 나를

형성해 간다면 절망은 피할 수 있고 거듭나기 위한 진통이
될 수도 있으리라.

　살아갈수록 인간은 불가사의한 존재다. 우리가 살아가는
과정에서 끊임없이 부닥치는 위기와 불안 속에서 자각되는
것은 나 자신에 대한 허무와 고독감뿐인 것을 어찌하랴. 다
만 마음의 안정을 위해 안간힘으로 원고지와 씨름한다. 그러
나 그것은 슬픔의 치유책이 아니라 슬픔 속에 굴복하기 위
한 행위임을 알게 될 때, 오직 나는 솔직하고 진실 되고 싶
은 마음이 고개를 들 때, 분노 미움 슬픔 고독을 이제 사랑
의 이름으로 꽃피워 승화시켜 보리라 다짐해 보지만, 그래도
내 가슴앓이는 차츰 마음속 깊이 앙금으로 남아 맴돈다.

　쓸쓸히 나이를 세게 되는 요즘, 이런들 어떠하리, 저런들
어떠하리, 평생을 이것은 옳고 저것은 그르고, 이것은 정의
이고 저것은 부정이고 하면서 살다보니, 무거운 세월을 걸머
진 구부러진 어깨 위에 굵어진 주름으로 골진 얼굴, 풍상으
로 얼룩진 마음, 가슴에 켜켜로 쌓인 한 많은 사연은 고서
처럼 낡고 삭아 버렸으니…… 자신은 무엇을 생각하며 그렇
게 넋을 잃고 바라보고만 있는가? 자신에게 윽박지르며 소
리를 지른다.

　나는 과연 배신자를 용서할 수 있을까? 사람이 사람을 용
서한다는 것은 참으로 어려운 일임을 뼈저리게 느낄 뿐이다.
인간이란 어째서 이렇게 복잡 미묘한 감정으로 서로 엉켜서

실타래처럼 풀기 어렵게 되는 것일까? 북받치는 격정을 억누르고 태연하게 참고는 있지만 분노를 삭이는 가슴은 한여름 퇴비처럼 썩어 문드러지고 있다.

나 자신의 무력을 통감하면서 칼은 맞서야 한다는 생각에 미치자, 그 결심의 순간은, 그러나 나의 마지막 절망의 길이었음을…….

사람이란 누구에게나 상처 하나쯤 있기 마련이고 가슴에 구멍 하나쯤 있게 마련 아니던가. 지금까지 헤쳐 온 길도 험난했는데 앞으로 가야 할 길은 더욱 험난할 것만 같거늘, 인간의 가슴과 영혼을 따뜻이 보듬어 안고 승화시키는, 슬프지만 아름다운 삶의 진솔한 얘기를 쓸 수 있는 작가가 되고 싶다.

부부

변덕스러운 시카고의 날씨는 어느 도시 못지 않게 덥고 춥고 바람이 세게 부는 바람의 도시, '윈디 시티'라고 한다. 나의 인생의 절반은 시카고에 담겨 있다. 언제 세월의 수레바퀴가 이만큼 굴러갔는가. 시카고에서 산 지도 25년, 결혼 생활도 30년을 맞는다.

평범한 한 주부가 쓰는 글이 무슨 대수로운 글이 되겠나 싶어서 의기소침해질 때도 있었다. 그러나 마음을 추스려 기억의 끈을 붙들고 삶의 이야기에 매달릴 때마다 엮어져 나오는 내 글들은 호흡과도 같은 내 분신들이다. 글을 쓰는 것은 내 삶의 기쁨과 행복이 된다.

미래를 모르고 살 때는 알 수 없는 뭔가가 기다리고 있을 거라는 기대감이 있었다. 앞으로 얼마를 더 살다가 생을 마감할지 모르는 일이지만 욕심을 부려 80세를 삶의 한계로 가정해 본다면 이제 30년이 남았다. 그동안 무엇에 쫓겨 살아왔는지 지나간 날들이 안타깝고 아쉽다.

'인생은 고해'라고 하지만 고통이 있는 반면 행복한 순간도 있는 게 우리네 인생이 아닌가. 유독 고통만을 강조해 온 것에 나는 긍정만 할 수는 없다.

문득 지나가 버린 세월을 더듬어 보니, 넉넉한 남편의 사랑에 깊은 고마움을 느낀다. 어머니로서 아내로서의 자리를 확인할 때가 여자로서는 가장 큰 행복이라고 생각한다.

결혼을 하여 서로 행복의 관점도 다르고 성장과정도 각기 다른 개성을 가진 두 사람이 함께 사는 것에는 순탄할 수만은 없다.

부부가 같이 살면서 서로 이해해 주고 인정하면서 때로는 작은 실수에도 '여보, 그건 정말 미안해' 하고 겸연쩍어 할 때 진정한 부부애를 확인하는 것이다.

나는 종종 남편의 말 한마디에 작은 행복을 느낀다. 가슴 속에 하얀 햇살과도 같이 자잘하게 부서지는 그런 느낌, 서로 소중하여 아픔도 내 살처럼 어루만져 주는 그런 부부애, 언짢은 일이 있을 때도 서로 같아지려는 노력을 하며 나는 행복을 느끼는 것이다.

부부가 되어 서로 다독이며 행복을 간직하고 사는 게 부부의 정이고 연이라고 하나보다. 3할의 사랑과 7할의 용서로 이루어진다는 부부생활은 서로 의지하고 끊임없이 참으며 베풀면서 용서하는 것이다.

"당신처럼 따뜻한 남자를 내 반려자로 허락해 주신 은혜에……"라는 구절을 오랜 동안 기억하고 있다. 소녀시절에는 의미도 모르고 읽었는데 세월이 흐르면서 더 가깝게 다가오는 구절이다. 부부로 함께 살면서 이렇게 말할 수 있는 사람이 과연 얼마나 될까.

이곳 서양인들은 우리 동양인에 비하면 표현이 간지러울 정도로 다감하다. 그들은 자주 사랑한다는 말과, 수시로 입을 맞추면서 부부간의 정을 확인한다. 그러나 우리 한국의 부부들은 속으로 사랑을 묻어두고 미운 정 고운 정이 쌓여 깊어진 정을 무언의 끈으로 이으며 살아가는 편이다.

나는 남편에게 준 것보다는 받은 것이 더 많아 늘 고맙고 미안하다. 지금도 변변치 못한 아내로, 그래서 초라한 느낌이다.

"열심히 살았으면 뭘 해. 제대로 된 것이 아무 것도 없는데…."

이따금씩 나의 실수에 한마디씩 하는 남편의 말이 야속하여 눈물을 흘리기도 했다. 그의 말로 나는 뭔지 모를 분노 같은 게 치밀어 오르기도 했었다.

남편은 어느 날 차 한 잔을 마주하면서 "지금까지 미안한 마음으로 살아왔는데 용서해 달라"는 고백 같은 한마디에 모든 것이 눈 녹아 내리듯 풀어지는 게 아닌가. 진정한 부부의 사랑을 확인하는 감동의 순간이기도 했다.

"여보, 늙어서 머리에 허옇게 서리 내리면 우리는 염색을 하지 말고 그냥 삽시다."

"그래요, 허옇게 희어진 머리도 보기 좋겠네요."

남편의 머리가 어느새 허옇게 서리가 내리고 얼굴도 더 야윈 것 같다. 그런 남편이 안쓰러우며 좀더 잘 해주어야겠다는 다짐 같은 걸 마음으로 한다.

우리 부부에게 바늘과 실처럼 따라 다니는 하나밖에 없는 아들을 멀리 대학에 보내놓고는 아침저녁으로 안절부절 하던 때가 엊그제 같은데 어느덧 장가 보낼 때가 되었다. 그런 아들이 대견한 한편 지레 떠나보낼 생각에 지금부터 섭섭한 마음 어쩔 수가 없다.

우리 부부는 올해 30년 결혼 기념일을 맞는다. 남편과 아들에게 감사하다는 말보다 더 좋은 말이 생각나지 않는다.

살면서 의견 충돌도 많았고 그때마다 남편은 언제나 내 잘못으로 치부하며 몰아붙였고, 그때마다 늘 내가 지는 편이었다. 때로는 내 마음을 몰라주는 남편이 야속하기도 했다.

"남편 자랑은 반병신이고, 자식 자랑은 온병신"이라 했지만, 병신이 되더라도 자랑할 수 있는 넉넉한 남편과, 기꺼이 자랑할 수 있는 자식을 가진 것이 나에겐 더한 행복이 없는 것이다. 아내 ,그리고 어머니로서의 행복감은 바로 이런 병신스런 즐거움 속에 숨어 있는 것인가 보다.

부부란 서로가 비판자가 되는 것보다는 격려자가 되어 서로를 다독이며 의지하는 것이다. 사람마다 생김새가 다르듯, 부부가 사는 삶의 색깔도 다르듯 남에게 보여지는 삶보다 보여지지 않는 부분에서 조화를 이루는 지혜로운 부부로 남고 싶다.

부부란 영원한 인생의 동반자, 희생이 따르지 않으면 사랑의 의미를 음미할 수 없다는 생각을 하면서, 그 동안 남편의 자상한 배려에 소망하던 수필집을 완성하게 되었다. 나의 생애에 값진 날이 될 것이다.

밤새 하얀 눈이 소복이 내린 지붕 위에 엄마 새를 따라 걸어다니는 아기 새의 빨간 맨발이 나의 삶에 탄력을 보탠다.

하얀 눈이 오늘 따라 유난히 아름답게 보이는 아침이다.

고독과의 대화

　고독을 견디어 내면 자기의 존재 의미도 알게 된다. 가을
은 쓸쓸하고 고독한 계절이라고 말한다. 고독을 즐긴다는 사
람도 있긴 하지만, 그런 사람은 그리 많은 것 같지 않다. 사
람들은 외톨이가 되지 않으려고 취미 클럽도 만들고, 봉사
단체에도 가입하고 계모임에도 드는 게 아니겠는가.

　자기의 주장이나 이상과는 관계없이 소외되지 않으려고
나 자신도 기를 쓸 때가 더러 있는 것이다.

　자기 주위에 사람들이 들끓어야 안심을 하는 성격, 그래
서 어떤 사람은 많은 돈을 들여서 파티를 열고 사람들을 불
러모으는 것이리라.

만일 누구와도 대화할 사람이 없거나, 아무도 자신을 이해해 주지 않는다고 생각하는 사람은 불행한 사람일 것이다. 언제든 마음속의 이야기를 탁 털어놓을 수 있는 친구가 가까이 있다는 것은 큰 재산일 것이다.

그래서 돈 받고 남의 이야기를 들어주는 직업도 생긴 것이며, 상담가와 정신과 의사가 그 덕에 호황을 누리는지도 모른다.

행여 고독해지면 어쩌나 하는 불안한 마음이 들 때가 있다. 이제 아들도 장성하여 집을 떠나고 덩그러니 큰집에 두 사람만 남게 되니, 특별히 할 말도 없고 때로는 텔레비전에 의지하다가 그냥 말 한 마디 하지 않고 하루를 보낼 때도 더러 있다.

하루 생활 중 이런 고독이 주는 불안으로 우리가 소심 공포증에 떨어야 하는 시간이 얼마나 될까. '나'란 존재가 없어진 듯한, 바로 이런 느낌이 곧 자기 소외요, 자기 상실증인가 보다. 고독 공포증이 빚는 현대인의 비극, 중년이 되어 쓸쓸함과 고독을 맞이하며 사는 것 또한 비극이다.

로빈슨 크루소의 절대고독을 한 번 생각해 본다. 또 무인 고도에 외톨이가 되었다는 사실을 느낀 순간을 상상해 본다. 그가 그곳에서 절대고독을 통하여 비로소 자신을 발견할 수 있었다는 사실, 이는 나에게는 좋은 교훈이 된다. 그에게는 하늘, 바다, 모든 것을 친구로 삼을 줄 아는 지혜가 있었다.

고독은 고독으로 끝나는 것이 아니고 자신을 성숙케 하는 정의의 샘이 되기도 한다. 고독은 자신의 내부로 통하는 길을 열어주며, 자신의 존재를 인식하고 확인시켜 주며, 자신의 존재 의미를 분명하게 깨우쳐준다.

　　지금쯤엔 나도 고독과 대화할 수 있다고 생각한다. 더구나 혼자 글을 쓰고 있는 깊은 밤에는 더욱 그렇듯이…….

길

    사람이 살아가는 일생을 길로 표현하기도 한다. 그 길에는 골짜기가 있는 반면 산도 있고 강이 있어서 평탄할 수만은 없다.

    그런데 길을 가다 보면 가끔 기로에 서게 된다.

    기로에 서면 어느 한 길을 선택할 수밖에 없는 운명에 놓이게 되는데 선택을 하기 위해서는 상당한 지혜와 용기가 요구된다.

    그러나 우리가 지니고 있는 용기라는 것은 믿을 수 없는 것이어서 선택의 순간에는 심사숙고해서 바르게 선택했다지만 얼마쯤 가다보면 엉뚱한 길에 들어선 자신을 발견할 때가 종종 있다. 발견이 빠르면 만회할 가능성이 있어서 다행이지만, 늦으면 그럴 가능성마저 희박해져 암담하기가 이를 데 없는 것이다.

우리 인생도 그와 같다고 생각한다. 우리는 하루하루를 살아가는 동안, 늘 무엇인가를 선택하지 않으면 안 되는 순간을 맞게 된다. 그것이 표면에 드러난 사건일 수도 있고, 내면 속에 갇혀 있는 갈등일 수도 있다.

그러나 표면에 드러난 사건은 나와 어떤 대상과의 관계 속에서 비롯되며 내면 속의 갈등은 자신 속에 내재해 있는 두 개의 자신, 즉 선과 악, 도덕과 부도덕 등의 상반된 감정으로 야기된다. 그것이 표면적인 사건이든 내면적인 갈등이든 간에 마지막으로 선택하고 결정하는 것은 자신의 의식이므로 우리는 매 순간마다 자신의 의식 안에서 무엇을 선택할 것인가를 놓고 부단히 싸움판을 벌이며 산다.

그렇다면 무엇이 이런 싸움을 벌이게 하는 것일까? 좀더 자세히 규명해 들어간다면 여러 가지 측면에서 정의를 내릴 수 있겠지만 나는 그것을 자신의 내면적 욕망과 외면적 욕망으로 해석하고 싶다. 사람에 따라서 강약의 차이는 있겠지만 우리 마음속에는 이 두 욕망이 내재해 있기 때문이다. 그래서 갈등을 빚고 고통과 절망 속에 빠져들게 된다.

생각해 보면 내 자신에 대해서도 내 주위와 가정에 대해서도 깊은 연민이 느껴지고 갈등을 감당하기엔 우리 자신이 너무 나약하다는 것을 잘 알기 때문에 인생을 어떻게 살았느냐 하는 것을 가늠하는 기준은, 외적인 욕망을 더 많이 선택했는가 아니면 내면적인 욕망을 더 많이 선택했는가에 달려 있다고 본다.

 나는 내 욕망이 외면에 머물지 말고 나의 가장 가까운 사람들에게 파생되어 가기를 진심으로 바란다. 그리고 부족한 글이지만 조그마한 역할이라도 해줄 수 있으면 더없이 기쁘겠다.

떠나 보내는 연습

새 달로 들어설 때마다 달력 앞에 서서 흠칫 놀라곤 한다. 어느새 30일이 다 지나고 새로운 1일 앞에 있는가 싶어서이다.

마음은 아직도 정초에 머물어 있는데 달력은 이미 다섯 장은 달아나 버리고 남은 몇 장이 얄팍하다. 유월의 달력 앞에 서서 깜짝 놀라고 걷잡을 수 없게 빠른 세월에 잠시 허탈해진다.

꼭 잡아야 할 것을 놓쳐 버린 것 같은 심정을 앞으로 몇 번이나 느끼고 반복하면 내 생이 마감될까.

삶의 끝을 생각하면 이 순간이 소중하고 아깝기까지 하다.

새 달 앞에 서면 혹 그 끝이 얼마 남은 것은 아닌가 하는
두려움이 일곤 한다. 그러면 갑자기 조급해지며 마무리 짓고
청산해야 할 일들이 한꺼번에 생각나서 마음은 한없이 초조
해진다.

달력을 넘기면서 나는 완벽하고 깔끔하게 마무리를 하지
못할 것 같은 예감과 한계성에 의기소침해지는 것이다. 그렇
다고 해도 유월 앞에서 마냥 초조해 하고 우울할 수만은 없
는 일이다.

자신을 가다듬고 무장해서 나머지 반년은 보람되고 뜻 깊
은 그래서 후회 없는 날들로 만들어야 한다며 자신을 추스
른다.

유월은 미국에서는 졸업의 달이다. 올해 우리 집에 하나
밖에 없는 아들녀석이 고등학교를 졸업한다. 이미 진학할 대
학도 결정이 되었고 삼 년 동안 정들이고 학업을 닦던 고교
를 떠나는 예식만 남아 있는 것이다. 졸업은 끝이 아니고
새롭게 한 단계 향상된 곳으로 가기 위한 도약이요, 시작이
아니던가.

9월에 있을 대학입학을 위해 아들녀석도 마음의 준비와
단단한 결심이 필요하지만, 나에게도 아들 뒤에서 거들어 주
고 마련해 주어야 할 일들이 많다. 아이를 떠나 보낼 마음
의 준비, 즉 이별 연습을 미리 해두어야 한다. 둥지에 있던
새끼 새 한 마리가 날아가 버리는 허전함을 이기기 위해 새

로운 다짐이 필요한 것이다.

아들과의 별거는 생각만으로도 지금부터 가슴이 아프고 애처롭다.

이곳 미국은 보통 아이들이 대학에 들어가면 부모와 떨어져 생활한다. 결혼시킬 때까지 집에 데리고 있는 한국의 풍습이나 습관에 비해서 사오 년 일찍 애들을 떠나 보내게 되는 셈이다. 그애들이 대학에 가기 위해 집을 떠난 후로는 졸업하여 직장생활을 하든 대학원에 들어가든 다시 집으로 들어오는 기회는 적다.

처음에는 애들이 부모 곁을 떠나는 게 이른 게 아닌가 싶었다. 그러나 대학 때부터 집을 나가 기숙사 생활을 하는 이곳 미국 풍습이 부모나 자녀에게 또 다른 묘미와 기쁨이 있을 것이라는 예감을 하며 위안으로 삼는다.

아이에겐 독립심을 키워 주며 일찍 자립심을 길러주는 이점이 있고, 부모에게는 한국에서 맛보지 못하는 특이한 기쁨이 기다리고 있을 것 같다.

아들이 학교에서 공부하다 몇 달에 한 번이고 혹은 명절에 집에 올 것이다. 엄마는 늘 함께 있던 식구가 아니니 그애가 집에 올 때마다 집안을 새롭게 단장해 보고 싶기도 할 것이고, 특별한 식단을 짜서 음식을 만들어 돌아온 아들이 기뻐하는 표정을 보고 싶어 할 것이다. 계절에 맞는 꽃으로 그애 방을 장식해 주고 침대 커버, 타월 등을 깨끗이 빨아서 마치 손님을 맞이하듯이 며칠을 들뜬 기분과 행복감으로 기다리지 않겠는가.

오랜만에 돌아온 아들의 넓어진 가슴팍에서 느껴지는 뿌듯한 대견함. 엄마의 음식 솜씨가 가장 그리웠다며 맛있게 먹어주는 얼굴 표정에서 가져보는 만족감은 내가 이 자리 이 시간이 있기 때문에 느낄 수 있는 기쁨이 될 것이다.

신문이나 비디오에서 보면 한국의 입시 경쟁은 치열하다 못해 전쟁을 방불케 한다. 또한 그것으로 인해 빚어지는 불행은 얼마나 많은가! 나는 새삼 미국에서 아들을 교육시키게 된 지금의 형편에 감사한다.

빠르게 흘러가는 세월과 그에 따라 아들이 커 가고 변해 가는 상황 앞에서 의연해져야겠다. 시간의 흐름에 따라 달라지고 변천하는 것은 상실이 아니라 이제까지의 노력한 만큼 얻어지는 결과로 남을 테니까 말이다.

내가 서 있는 이 시점에서 최선을 다하며 주어진 여건 속에서 감사하며 행복해 하는 것, 그것만으로도 나는 충분히 신으로부터 부여받은 내 삶에 보상은 받고 있는 것이다.

유월은 여름을 여는 길목, 녹색터널을 이루는 가로수의 녹음에서 약동하는 생명력과 강한 투지력을 느낀다. 녹색터널을 지나며 나는 새로운 의욕으로 탄력이 붙는 것 같다.

학교로 돌아가는 아들을 배웅하면서 나는 새로운 장 유월을 희망으로 열 것이다.

2
표정관리

붉은 사과 그리기

언젠가부터 나도 모르게 내가 그리는 과일나무 앞에서 발을 멈춘다. 사과를 그릴까, 밤을 그릴까, 아니면 단감을 그릴까, 대추는 어떨까.

과일은 어느 과일이든 시대를 초월하여 시인들의 사랑을 받았다. 먹지 않고 상상만으로도 입맛이 다셔지고 향기가 나며 감미롭기까지 하다.

어쩌면 사람들은 저마다 좋아하는 과일나무를 마음속으로 그리며 하루를, 또 내일을 설계하고 노력하며 살아가는 게 아닐까.

마음속 과일나무와 함께 살면서 싹을 틔우고 꽃을 피우고 녹음이 드리우도록 보살피고 가꾸면서 풋과일이라도 맺으면 기뻐하고, 익어가는 과정을 지켜보면서 먹지 않아도 그 충족감으로 배가 부르다.

풋과일에 나날이 살이 오르는 정경이 좋아서 괜히 즐겁고 혼자서 바라보기만 해도 입가에 미소가 터져 나오게 될 것이다. 내가 처음으로 세상에 태어나서 풋과일인 우리 아이를 가졌을 때 얻었던 웃음과도 같은 웃음을.

성급한 사람들은 나무에 풋과일이 매달리기 시작하면 벌써부터 가지가 휘어지도록 풍성한 열매를 기대한다. 그러나 그렇게 되기까지에는 겨울의 추위도 견뎌내야 하고 무더운 여름의 햇볕과 천둥, 번개, 그리고 비바람까지도 다 받아들여야 얻을 수 있는 것이지 않는가.

이렇듯 열매를 맺고 그 열매를 익히기까지의 고독한 긴긴 날을 나무는 홀로 서서 밤하늘의 별을 불러들이기도 하고, 허공의 달도 불러 외로움을 달래는 것이다. 비바람, 작열하는 땡볕을 견디어내는 나무의 인고와 예지를 우리도 본받아야 하리라.

모든 세상의 이치가 이렇듯 열매 맺기까지에는 인내와 고통의 연단이 따라야 하는 것이다. 고생을 많이 한 부모들 중에는 내 자식만은 고생시키지 않겠다며 자식들에게 많은 재산을 물려주려 하는 것을 가끔 보게 된다. 또 자기가 못한 공부의 한을 풀기라도 할 양으로 어린아이를 미술, 영어,

피아노… 등등 한시도 놀리지 않고 여기저기 끌고 다니는 이도 있다.

그런데 갖은 고생 끝에 자수성가한 분들이 모은 재산을 물려받은 자식들이 그 재산을 올바로 쓰며 행복하게 잘 사는 예가 드문 것은 어쩐 일일까. 자격지심에 찬 부모 밑에서 공부란 공부는 소화불량이 되도록 다하며 자란 아이가 대성한 예가 드문 것은 또 왜 그럴까?

아이가 어릴 때는 부모와 같이 놀기를 바란다. 그런데 정작 사랑의 대화를 나누고 놀아 줄 부모는 돈벌이에만 정신이 팔려 집을 비우는 데 문제가 있는 것이다.

재롱을 부리며 자라야 할 아이가 베이비 시터의 팔에 안겨 살다 보니 사랑의 갈급함을 느끼며 자라게 된다. 이런 아이에게 공부만을 강요한다고 해서 가을에 맛이 든 과일을 기대할 수 있겠는가.

고급 자동차나 사주며 용돈을 듬뿍 안겨 준다고 해서 부모노릇을 다한 것은 결코 아닐 것이다.

지닐 능력이 없는 이에게 돈은 녹아내리는 얼음과도 같아서 아무리 많은 재산을 자식에게 물려주어도, 이는 얼음을 물려주는 것과도 같은 것이다. 자식에게 바른 가치관을 심어 놓지 않은 부모들은 다 녹아내리는 얼음을 만드는 일에 정신을 판 셈인 것이다.

또한 인간의 기본이어야 되는 사랑을 부모에게서 올바르

게 느끼며 자라지 못한 자식에게도 마찬가지로 공부만 시켜 놓으면 생명 없는 백과사전 같은 인간을 만들 수밖에 없는 것이다.

지난 해 여름 어머님을 뵈러 한국에 잠시 방문했다.

마침 가깝게 지내는 친지의 아들도 미국에서 박사학위를 받고 돌아왔는데 그 박사는 부모가 계신 고향집이 체질에 맞지 않는다며 호텔에 묵고 있었다.

오랫동안 내가 미국에 살아서인지 친지의 아들이 호텔에서 머무는 것이 이해도 되는 한편, 부모가 그를 키울 때 함께 놀아 주고 재롱을 부리는 것을 보아주며 정과 추억을 심어 주었더라면 호텔에 기거하는 일은 없지 않았을까 하는 생각이 들었다.

지금은 옛날과 달리 자녀들이 부모 모시기를 꺼려하고 부담스러워 한다. 그래서 부모들도 노후대책으로 보험을 들고 저축을 한다.

그 뿐인가. 자녀들을 위해 교육비 대랴, 혼수감을 마련하랴, 집간이라도 장만해 주다보면 부모들은 허리가 휘어지고 머리엔 허옇게 서리 내리고 자다가도 돈! 돈! 돈! 할 판이다.

그런데 모든 것을 다 잘되게 만들어 줄 것 같은 돈이란 녀석이, 모든 걸 파괴하고 망쳐 버리는 걸 우리는 보아 오지 않았던가. 좋은 예로 우리 고국의 정치하는 분들이 돈 때문에 궁지에 몰려 몰락하고 정치는 실종되고 돈세탁을 하여서 세계적으로 망신을 당하고 있는 게 아닌가.

돈은 꼭 필요한 것이지만 정신이 바로 되어 있지 않으면 비탈길에 마차를 세우고 흙을 퍼담는 것과 같은 것이다. 진실하지 못한 인간에게 물질적인 힘이 생기면 그가 쥔 칼이 남을 상하게 하는 것은 물론이고 자기 자신마저도 해치게 된다.

세상에서 물만큼이나 절대로 필요한 것은 정신이 올바로 되는 것이고, 밥만큼이나 꼭 필요한 것은 돈이 아닌가 싶다. 그러나 돈은 돈을 어떻게 다루느냐 올바른 가치관을 갖추었는가가 중요한 것이다. 돈 욕심 때문에 눈이 어두워져서 슬기와 덕과 도량을 잃어버린 불쌍한 사람이 되어서는 안 되는 것이다.

요즘 어디를 가나 돈 있는 사람은 쉽게 권력을 얻게 되고 그 권력을 휘두르는 사람은 인간성을 잃어버려 우리의 현실은 흙탕물로 메워지고 있다.

나는 어려서부터 고생을 모르고 자랐다. 그래서 돈 무서운 줄 모르고 절제도 모르고 성장했다. 나의 부모님은 조부모님께 지극한 효자였다고 한다. 성정이 선하신 아버지는 8남매의 맏이로 어려운 생활 속에서도 고생을 극복하고 훌륭한 교육을 올바로 받고 자라셨다고 한다. 국회의원 시절에는 언제나 베푸시는 걸 가장 잘 해야 될 일로 여기시며 살다

돌아가신 분이다.

그런데 나는 부모님이 했던 것처럼 제대로 배우지 못하고 곶감꼬치에서 곶감 빼먹듯이 살았다. 나의 인생 절반을 미국에서 배우고 뒤늦게나마 돈이 어떤 녀석인지를 깨달으면서 남편과 하나밖에 없는 아들을 위해서 열심히 살아가고 있다.

결혼생활도 어느덧 삼십 해. 그 동안 아내로서 한심스럽기까지 했던 나를 이만큼 철들 때까지 기다려 주었던 남편의 인내심이 고맙게 여겨진다. 결혼해서 줄곧 찡그리기는 했지만 실수를 계속하면서 바로 서 보려고 애쓰는 나의 그 노력을 소중히 여겨 주는 남편이다.

남편은, 나도 모르는 장점들을 찾아내 키워 주었으며 고통을 피해 보려고 도망치지 않았다.

우리는 자신이 해야 할 99의 노력은 하지 않고 겨우 1을 해 놓고 99를 바라는 어리석은 사람이 되어서는 안 된다. 돈에 의존하지 말고 99의 노력을 할 수 있는 정신을 꼭 가져야 할 것이다.

"전에는 사람들이 입에 풀칠을 하지 못해 노예가 되었다지만, 지금은 돈으로 살 수 있는 사치품의 유혹 때문에 노예가 되었다"고 한 간디의 말을 되새겨 보며, 나의 그림 속에 돈보다는 사랑이 듬뿍 담긴 붉은 사과를 그리고 싶다.

인생을 낭비한 죄

청명한 밤하늘에 열엿새 만월이 정다운 얼굴로 떠오른다.
잠시 하던 일을 밀쳐 두고 뒤뜰에 나가 달을 올려다본다.

아! 저 달이 나를 보고 있으니 내 고향에서는 해님을 보
는 한나절이겠구나.

고향에서는 해님을 보고 나는 해처럼 부시지 않은 마음놓
고 볼 수 있는 달님을 보고 있다. 인간은 자연의 시간에 얽
매어 벗어날 수 없기에 시간의 바퀴에 매달려 살아가야 하
는 것이 숙명인가 보다.

나는 글을 쓰는 것보다는 책을 읽지 않으면 무슨 재미로
살까 하는 정도로 읽는 걸 즐긴다.

책상 앞에 앉아 원고지를 펼치고 펜을 들어 무엇을 쓸것인가 주제를 잡으려 골몰하다가 그냥 잠이 들어 버리는 일이 허다하다. 나 같은 게으름뱅이도 한 줄의 글이나마 쓸 수 있을까 자학하기도 한다.

시간 가는 줄도 모를 만큼 단조롭게 살고 있는 나는, 바로 오늘 아침 일어난 일이나 어제 겪은 체험으로부터 이야기의 실마리를 풀어 간다. 내 삶 자체가 구체적인 사실이기 때문에 관념적이거나 추상적인 글이 써지지 않는다. 그저 가까운 친지에게 편지를 쓰듯 솔직하고 담백하게, 그리고 쉬운 단어를 골라 가면서 이따금 지나가는 바람과 더불어 이야기하듯 풀어가는 것이다.

알퐁스 도데는 소설 「별」에서 "만일 한 번만이라도 한데서 밤을 새워 본 일이 있는 사람이라면 인간이 모두 잠든 깊은 밤중에 또 다른 신비의 세계가 고독과 적막 속에 눈을 뜬다는 사실을 알고 있을 것이다"라고 말했다.

요즘 나는 밤마다 별을 바라보는 황홀한 기쁨을 누린다. 두툼하게 옷을 끼어 입고 빈 뜰에 서서 밤하늘의 별을 올려다보고 있노라면 우주의 신비가 가슴속에까지 스며들며 기쁨이 출렁이는 것이다.

그러나 내가 이렇듯 밤하늘의 별을 바라보는 것은 한가로운 여가를 즐기기 위해서는 아니다. 무변광대한 우주 속에 살아가는 내 자신의 존재를 그 우주공간 안에서 되돌아보기 위해서다.

또한 별을 바라보며 나는 까맣게 잊어버린 때문지 않은 어린 시절의 순수를 되찾아 보려 하는 것이다. 내가 어렸을 때는 얼마나 천진하고 순수했던가! 알고 싶은 것들, 캐묻고 싶은 것들이 어찌 그리도 많았던지……

나의 어린 시절은 얼마나 예민하게 신세계를 받아들였으며 더 알고 싶다는 호기심으로 가득 찼던 시절이었던가. 밤을 새워 가면서 배우고 익히고 탐구하면서 채워지지 않는 그릇처럼 무엇이든지 받아 들였다.

세월은 나를 많이도 변모시켰다. 마음은 굳어져 무디어졌다. 모든 일에 편견에 사로잡혀 있는 내 자신을 발견하는 것이다. 자기 중심적이고 고정관념에 갇혀서 새로운 세계에 대한 인식과 탐구의 노력을 기울이지 않는 것이다. 때로는 시시껄렁한 잡담과 타성에 젖어 오락과 무절제로 시간을 죽이는 놀이로 스스로를 마비시키기도 한다.

사람이 심리적으로나 주관적으로 혹은 내면적으로 깨어 있지 못하고 무절제와 무질서로 세상을 살아간다면 무절제와 무질서만 남게 될 뿐이다.

노쇠는 육신의 늙고 쇠약해짐만이 아니다. 자기 삶의 몫을 망각한 채 창조적이지 않고, 되풀이되는 일상생활을 하며 활기를 잃고 옛날 기억으로 되돌아가는 회고조로 껍데기로 사는 것이 바로 노쇠인 것이다. 단 한번뿐인 이 소중한 삶

앞에 의미 없이 그날 그날을 헛되이 보낸다면 자신도 모르는 사이에 그의 인생 자체도 무너져 가는 것이다.

아무리 우리가 별 볼일 없는 세상을 살아갈지라도 때로는 밤하늘의 별들에게 눈길을 보내며 지난날의 그 풋풋하고 때 묻지 않고 순수했던 시절과 오늘의 자신을 비춰 보는 시간을 가져 볼 일이다.

'건강한 육체에 건강한 정신이 깃든다'고 요즘 대부분의 성인들은 남녀 공히 몸보신하는 데는 앞을 다투어 열을 쏟으면서도 막상 자신의 정신 상태나 영혼의 문제에 대해서는 무감각한 것 같다.

인간이 육체만 가지고 살아가는 존재인가? 그렇다면 동물과 다를 게 무엇이란 말인가. 건강한 정신이야말로 건강한 육체도 만들고 건전한 사회도 만들어 낼 수 있지 않을까.

우리는 눈에 보이는 것에만 너무 집착하며 산 듯하다. 눈에 보이는 세계는 그야말로 빙산의 한 모서리에 지나지 않는다. 온전하고 향기로운 삶을 이루려면 눈에 보이는 세계와 눈에 보이지 않는 세계 사이에 균형과 조화가 유지되어야 한다.

별을 바라보며 올해 내 삶의 몫은 어떤 것인지도 자문해 본다. 또한 지나간 세월을 되돌아본다. 즐거웠던 일, 언짢았던 일로 웃고 울던 것들이 무변광대한 우주공간에서 바라보면 모두가 미세한 먼지만도 못한 것이 아니던가.

우리 모두 언젠가는 이 지상에서 떠나 저마다 자기 별로 돌아갈 거라는 이 어김없는 사실 앞에서 마음에 담아 둘 일이 무엇이 있겠는가.

한밤중 어디론가 무리 지어 날아가는 기러기의 날갯짓 소리에 잠이 깨면 내 삶의 무게는 얼마나 되려는지 가늠해본다.

삶은 영원히 새로운 것일 수 있다. 삶이 누구에게서 배우는 것이 아닌 저마다 삶의 현장에서 몸소 귀기울여 들으면서 순간순간 이해하는 일이다.

사람은 저마다의 삶에 책임이 있다. 그래서 당당하게 살려는 사람만이 자기 몫의 삶에 책임을 지는 것이다.

시어머님이 살아 계실 때에 가끔 절에 따라 다녔다. 입산 출가자들이 절에 들어와 맨 처음으로 배우는 원효 스님의 '발심 수행장'에는 가슴을 치는 구절이 있다.

"순간 순간이 지나 하루가 되고 하루하루가 지나 한 달이 되며 한 달 한 달이 지나 문득 한 해가 된다. 또한 그 한 해 한 해가 쌓여 어느덧 죽음의 문전에 이르나니, 낡은 수레가 움직일 수 없듯이 사람도 늙어지면 닦을 수 없다. 헛되이 아까운 세월만 보낸다면, 정신 차리지 못한다면, 이 다음 생은 어찌할 것인가. 어찌 급하고 급한 일이 아니더냐."

한 번쯤 자신에게 물어 보라. 너는 인생을 얼마나 낭비하며 살았는가? 그렇다면 그 죄값을 치러야만 하리라.

나는 어려서 부모님의 사랑으로 자라서 철부지로 시집와 어언간 스무 해를 살았다. 그런데 되돌아보니 나는 내 인생을 너무 낭비하며 살아왔다는 자각에 이렇듯 가슴이 아픈 것이다. 지금부터라도 후회하지 않도록 남은 삶이나마 낭비하지 않고 살아가리라. 단 한 시간, 단 하루라도 허비할 일이 아닌 것이다.

　아직 늦지 않았다. 좀더 열심히, 좀더 시간을 쪼개서 내 삶을 엮어 무명천이라도 짜 가리라.

　　　　　　　　　— 93년 어느 날 중년으로 접어들면서

백만 장자와 욕심바구니

　사람은 태어날 때부터 자기 버릇만큼의 몫을 가지고 태어
난다고 한다.
　사람의 욕심은 끝이 없어서 이 세상에서 가장 큰 바구니
는 사람의 욕심바구니라고 한다. 사람의 욕심바구니에는 이
세상에 존재하는 모든 것을 담고도 모자란다고 한다. 그런데
욕심바구니를 작게 만들 때 행복은 찾아든다고 한다. 분에
넘치는 욕심을 자제할 때만이 진실한 행복을 얻을 수 있으
며 행복은 물질에서 오는 것이 결코 아닌 마음의 평화에서
부터 오는 것이다.
　어느 마을에 백만장자가 자신에게 죽음이 다가왔음을 알

게 되었다. 그래서 그는 자신의 재산을 어떻게 처리해야 하나에 고민에 빠졌다. 고심한 끝에 전 재산을 모두 가난한 사람들에게 나눠주기로 결정하였다. 그리하여 시골의 어느 가난한 마을을 찾았다.

백만장자는 마을 사람들을 모아 놓고 각자 자기 집에 갖고 있는 바구니 중에서 가장 큰 바구니를 가지고 나오면 그 바구니 속에 넣을 수 있는 만큼 돈을 가득히 담아 주겠다고 했다. 마을 사람들은 기쁨을 감추지 못하고 조금이라도 돈을 더 받아 넣기 위해서 자기가 가지고 있는 바구니 중에서 제일 큰 것을 챙겨서 되돌아왔다.

사람들은 차례대로 줄을 서서 바구니에 돈을 가득 담아 가지고 각자 집으로 돌아갔다. 이제 마지막으로 서 있는 한 사람의 차례가 되었는데 그 사람은 빈손으로 서 있는 것이었다. 백만장자는 딱한 듯이 물었다.

"당신은 바구니가 없습니까?"

"아니요. 우리 집에도 큰 바구니들이 많이 있는데 그 바구니보다도 더 큰 바구니를 가지고 나왔습니다."

"빈손으로 서있는데 무슨 바구니를 가지고 왔단 말이요? 나의 재력을 의심하는 겁니까?"

백만장자는 불쾌한 듯 말했다.

"바구니는 바로 나의 몸 자체입니다. 이 몸 속에 있는 욕심바구니가 이 세상에서 가장 큰 바구니요."

했다. 그의 말에 백만 장자는 너털웃음을 웃으면서

"당신의 욕심이 얼마나 큰지 몰라도 나는 백만장자요. 당신은 나의 돈을 한 다발만 가져가도 만족할 것이요."

"그렇다면 나의 욕심이 채워질 때까지 돈을 줄 수 있겠소?"

"좋소. 당신의 욕심바구니가 가득 채워질 때까지 내 돈을 모두 주겠소."

"나의 욕심이 다 채워지면 나의 손에 돈이 쌓일 것이고 나의 욕심이 채워지지 않는다면 돈은 내 손위에서 바닥으로 떨어질 것이오."

드디어 백만장자는 두 손을 벌리고 있는 그 남자의 손위에 돈을 얹어 놓기 시작했다. 손에 얹어지는 돈은 곧바로 바닥으로 떨어졌다. 백만장자는 계속해서 돈을 자꾸 얹어 놓았다. 그래도 손위에는 돈이 쌓일 기미조차 보이지가 않는 것이다. 지친 백만장자는

"아직도 당신은 만족이 채워지지 않았소?"

"그것은 내 욕심바구니가 결정할 것입니다."

백만장자가 가진 돈을 모두 다 주었음에도 돈은 모두 바닥으로 미끄러져 내렸다고 한다. 백만장자는 어이가 없다는 듯 이렇게 중얼거렸다.

"인간의 욕심은 끝이 없고 인간의 욕심그릇 또한 너무나 크다는 것을 이제야 알게 되었구나."

이 동화에서 교훈하듯 사람의 욕심그릇은 무한한 것이고 따라서 세상에 있는 모든 것을 다 넣는다 해도 채울 수가 결코 없는 것이다.

그러나 진정한 행복을 원하는 이는 욕심그릇을 작게 가지고 있으니 조금만 넣어도 가득 채워지는 것이다. 우리의 행복은 욕심의 정지에서 출발하고, 불행 또한 자신이 처한 현실에 만족을 느끼지 못하고 계속해서 욕심을 부리는 데에 있는 것이다.

불만족한 상태에서는 행복이란 단어조차도 찾아 볼 수가 없으며 행복과 불행은 동전의 양면처럼 서로 등을 맞대고 있는 것이다. 다만 마음에 욕심이 가득하면 불행할 것이고 그렇지 않을 때 행복을 만날 수 있는 것이다.

인간의 욕심이란 끝이 없고 또한 마르지도 않는다. 욕심을 억제하는 길은 조금 모자란다고 생각될 때 만족하는 훈련과 스스로 자제할 줄 아는 현명함을 갖추어야 하는 것이다.

만족을 모르고 산다는 것은 결국 행복을 느끼지 못하고 사는 것과 같은 것이다. 욕심으로만 뭉쳐진 마음에는 행복이 들어갈 자리가 없는 것이다.

내 속에 행복이 들어갈 자리를 마련하도록 욕심을 조금씩 덜어내야겠다.

실패할 새해 설계

　늙을수록 귀한 재산은 추억이라고 한다. 돌이켜보면 지난 아픈 기억들이 오히려 내 성숙의 뜰을 넓혀 준 디딤돌이 되어 주었다.

　세월이 어찌 흐르는지 염탐할 겨를 없이 바삐 살아왔다.

　어느 날, 고등학교 동창 망년회의 초청장을 받고는 허전함이 몰려왔다. 그 동안 나는 무엇을 이루었고 어떻게 살아왔는지 과연 내 삶은 가치가 있었는가 생각해본다.

　욕심 사납게 산 것 외엔 기쁨으로 느껴지는 일이 잡히지 않으니 착잡하다. 기쁨이 없는 마음속에 무엇을 이루어내야 한다는 욕심만 가득 차 있었던 것이다. 무엇을 성취하겠다는 인간의 욕심이 잘못된 것은 아니지만 그 욕심에 최선이 따르지 않으면 욕심으로 그치고 마는 게 아니겠는가.

세상의 이치가 욕심대로 될 수 있다면 어떻게 될 것인가. 끝없는 욕심으로 빚어지는 대 비극이 일어날 것만 같다. 그래서 선현들이 욕심을 버리라고 했던 것일까. 무욕(無慾)이 대욕(大慾)이란 말이 있듯이 욕심을 버렸다고 말하는 사람 마음속에는 그래도 욕심이 숨어 있다는 뜻이다.

지난 세밑에 어떤 마음으로 새해를 설계하겠느냐는 친구의 질문에 욕심을 줄이고 살아보겠다는 제법 철든 소리를 했다. 욕심이 없으면 인간이 아닐는지 모르지만 욕심대로 살 수 있는 사람은 단 한 사람도 존재할 수 없다.

그래서 하나님은 공평한 분이다. 인간을 모두 불행하게 하거나 모두 행복하게 해주지는 않는 것 같다. 모든 이치를 깨달으면 지혜가 되고 깨닫지 못하면 불행한 인생이 되는 것인지도 모른다.

행복은 생각하기 나름이다. 고통 속에서도 불행 중 다행이라는 사람은 행복할 수 있어도 내게만 이런 고통을 준다고 푸념하는 사람에겐 행복할 여유가 없을 것 같다.

나는 실패할 줄 뻔히 알면서도 새해 설계 속에 욕심을 줄이자는 각오를 삽입할 예정이다. 욕심을 줄일 수 있는 자신감이 비록 죽는 순간에 비로소 가질 수 있을지라도 새해에는 욕심을 줄이며 살아갈 계획을 단단히 다져본다.

표정관리

　말로만 들어도 절로 웃음이 나온다. 우리는 전통적으로 웃음이 헤픈 사람은 좀 모자라는 사람 아니면 경박해 보이는 사람으로 취급해 왔다.

　어찌 점잖은 체면에 어른 앞에서 싱겁게 웃는 낯을 보이며, 상대방 앞에서 무게 없는 낯빛을 보일 수 있느냐는 체면 탓에 우리들의 표정이 딱딱해졌는지도 모른다.

　한국 여성들의 표정은 대체로 밝지 않은 편이다. 서로 눈이 마주치지 않기를 바라며 같은 엘리베이터 안에서도 눈동자를 다른 곳으로 옮기면서 겨우 체면치레의 눈짓만 하는 것을 볼 수 있다.

나는 1년에 한 번씩 고향에 계신 어머니를 뵙고자 한국을 방문한다. 그 때마다 백화점의 엘리베이터 안내원의 얼굴을 유심히 살피는데 그녀가 의무적으로 간신히 웃음을 띄우면서 안내를 하고 있다는 생각이 든다. 서양 사람들이 짓는 웃음이 과잉 웃음이라 할지라도 우리 한국인들이 좀더 자연스런 웃음을 짓고 행동한다면 자신도 기분이 좋을 테고, 상대방도 편안함을 느낄 텐데도.

"웃는 얼굴에 침 뱉으랴" 하는 속담을 지어낸 민족이고 보면 인간의 웃음이 긍정적이라는 사실을 최소한 부정하지는 않았던 것 같다. 그러나 우리 선조들이 남기신 그림 속에서도 활짝 웃는 모습은 무척 드문 편이고 대개가 근엄한 표정이다. 특히 문학 작품들도 박장대소에 초점을 맞추었다기보다는 잔잔한 웃음에 초점을 맞춘 게 주종을 이루고 있는 것 같다.

이런 저런 연유를 볼 때, 우리 근대사와 현대사가 웃을 만한 일을 빼앗겨 버린 탓인지 정확하게 가늠할 수는 없지만, 우리들의 얼굴에 수심이 가득하게 낀 경위가 몹시 궁금하다.

사람이 격노할 때는 뇌에 자리한 뇌하수체에 독극물 같은 것이 흘러드는데, 이 독극물의 독성이 건강한 황소 수십 마리를 죽일 수 있는 위력을 지녔다고 한다. 반면에 사람이 즐겁고 기쁠 때는 엔돌핀이란 통증억제 물질이 뇌 안에서 생성되는데, 이 물질은 침체되어 있는 사람을 기분 좋게 만들거나 동식물의 성장을 촉진하는 역할을 하는 등 신비스런 감동을 전달하는 물질이라고 한다.

뉴욕에 살고 있는 친구가 "중년 여성이 되었다고 사그라지는 몸매를 서러워 말고 체념하지도 말아라. 그럴수록 밖에 나가서 운동을 열심히 하고 즐겁게 시간을 보내면 자신도 모르게 엔돌핀이 솟아난다"는 조언을 해주었다.

우리 나라 중년 여성들은 표정이 대개 굳어 있고, 꼭 싸우려고 사는 사람 같은 느낌을 줄 때가 더러 있다.

가사에 시달리며 모든 것이 재미없고 미래가 불확실하다. 쪼들리며 사느라 가슴을 펴고 살 일이 별로 없어서 그런다고 하더라고 꼭 그렇게 비관적이어야 하는가 싶다.

웃음이 잔잔한 중년 여성에게서는 포근하고 마음이 넉넉함을 느끼게 된다. 밖에 나가서는 잘 웃는 여성이 집안에 들어오면 딱딱한 표정으로 변하는 이도 있다. 잔잔한 웃음기가 도는 표정을 짓는 것은 사람을 대하는 상식인 것이다.

얼굴의 표정이 넉넉하고 잔잔한 웃음을 품은 사람은 가슴도 넉넉하고 아름다운 미를 지니고 있는 사람일 것 같다.

마주 앉아서 대화 중에 상대방을 뚫어지게 쳐다보거나 아니면 먼 곳을 쳐다보는 것은 실례이다. 고개를 끄덕이면서 잔잔한 웃음을 교환하면 얼마나 기분 좋고 아름다워 보이겠는가.

인간의 내면이 가장 빨리 표출되는 것은 바로 얼굴이라고 한다. 정신적으로 고통스러운 사람이 웃음을 내보인다는 것은 쉬운 일이 아니다. 그러나 웃음을 가리켜 인생의 묘약이라고 말한 까닭은 분명 우리 인간이 지니는 내면적인 아름다움이다.

우리는 살아가면서 건강관리니 가정관리니 하면서 열심을 내는데 무엇보다 중요한 자신의 표정관리에는 게으른 한국 여성들이 아닌가 싶다. 표정관리를 잘하여 행복의 치수를 높이면 어떻겠는가.

외국인들의 눈에 한국인의 표정은 싸우는 사람들처럼 비쳐지는 때가 있다고 한다.

단 한 번밖에 살 수 없는 우리 인생을 불행으로 치장하지 말고, 잔잔한 웃음으로 세상을 바라보며 가슴을 넓혀 건강한 삶을 영위해 나가는 게 어떨까.

어버이날에

— 어머님께 드리는 글 —

어머님! 지난가을, 절에 가서 스님과 긴 시간 이야기를 나누고 왔습니다. 절이라는 공간에서의 스님과의 대화였기 때문에 자연 부처님 말씀이 중심이 되었습니다.

생전의 어머님께서는 부처님 말씀을 생의 지표로 삼고 일생을 보내다가 지금은 영원한 자유를 얻어 새벽 별빛 아래 향 하나 피워 놓고, 구슬픈 목탁소리와 함께 분명 좋은 곳으로 가셨으리라 믿습니다.

어머님! 가족을 위해서 최선을 다하고 있다고는 하지만 어떻게 하는 것이 진정으로 가족을 위하는 일인지 아직도 제게는 어려운 숙제입니다. 요 근래에는 부질없는 것에 이끌려 시행착오도 거듭하여 흔들리기도 하고, 갈지자걸음으로 돌부리에 채이기도 합니다.

살아 갈수록 자비로우셨던 어머님의 사랑이 너무 그립습니다.

오늘도 저는 부엌 창가에 앉아서 지고 있는 석양을 바라보고 있습니다. 욕심 내지 말고 감사한 마음으로 살아야지 하는 마음이 생기다가도, 사람의 욕망은 끝이 없는지 마음속에 이는 번민으로 저를 나락으로 떨어뜨리곤 한답니다.

어머님, 파도가 꿈틀대는 미시간 호수는 어둠 속으로 가라앉고, 흰 모래톱에는 갈매기들이 흡사 닻을 내리고 있는 것 같습니다. 이 갈매기들이나 사람들이 하루 일과를 끝내고 쉬는 건 결국 같은 거겠지요?

어머님, 세월은 가고 추억만 남는 것, 어느새 저도 추억 속에 사는 중년의 여인이 되고 말았습니다. 어머님과 함께 살 때, 저는 때때로 어머님에게 저 혼자만이 세월의 풍상을 한 몸에 안고 사는 듯 그 고통을 호소하곤 했었지요. 그럴 때마다 나를 다독여 주셨습니다.

"사람은 다 세상에 태어나면서부터 이러저러한 인연을 맺고 태어나느니라. 세상 속에 태어나서 세상 속에 살면서 어찌 세속적인 고통이 없겠느냐. 그것도 네가 받아야 하는 빚이려니 하거라. 보통 용기 갖고는 실행하기 어려운 일이나 인연의 줄을 끊고는 살 수가 없는 일이지 않니. 자비로운

마음으로 진리의 빛 가운데로 마음을 던지고 살아가다 보면
살고자 하는 마음을 굳히게 되는 것이다."

지금도 어머님이 들려주신 이 말씀을 불문으로 알고 인생
에 가장 깊은 가르치심으로 여기고 있습니다. 제 일생에서
얼마나 멀리, 넓게 그 말씀대로 살 수 있을지는 모르지만
하나의 해결책이 될 수도 있겠고, 인생이란 무엇인가에 대한
해답도 분명 확신할 수 있어서 생안에 중첩되어 있는 허무
감도 이 말씀으로 극복하고 있습니다.

어머님, 생전의 어머님께서는 부처님의 경지를 바라보며
진리를 체득한 즐거움으로 사셨습니다. 어려움 속에서도 방
향을 잃지 않으시고 진리의 불빛을 향해 굳은 의지로 살아
가시던 어머님의 흔들림 없으시던 모습이 그립습니다.

어머님, 지금은 비록 숱한 시행착오를 저지르고 있지만
언젠가는 정의를 내릴 수 있을 것 같습니다. 제가 겪는 고
통과 인내와 고독에 어떤 연정까지도 느낍니다. 머지않아 나
를 인식하게 되리라고 확신합니다.

어머님, 미국 민요에 「은발」이라는 노래가 있습니다. 잠시
기울어지는 붉은 석양 아래서 가능한 한 남을 사랑하면서
살아야지 하는 마음으로 이 노랫말을 적어 봅니다.

"젊은 날의 추억들 한낱 헛된 꿈이랴! 윤기 흐르던 머리,
이제 자취 없어라. 오! 내 사랑하는 님! 내 님! 그대 사랑
변치 않아 지난날을 더듬어 은발 내게 남으리."

어머님, 내일은 어머니날입니다. 연분홍색과 옥색은 어머님이 좋아하시던 색깔이었지요? 오랫동안 어머님 묘소를 찾지 못했습니다. 내일은 색색깔로 한아름 꽃다발을 갖고 가려고 합니다. 어머님, 인간의 이야기가 어찌 꽃의 향처럼 향기로울 수가 있겠는지요.

어머니날이 돌아오면 늘 후회되는 말이 있습니다. 어머니께 "오래 오래 사세요"라 하지 말고 차라리 그때 "어머니 건강하세요"라 할 것을……

(1999년)

나의 행복론

불행한 사람의 병은 행복이 없어서가 아니고 그걸 느끼지 못하는 데서 오는 행복 불감증 때문이 아닐까.

대체로 행복에 인색한 편인 우리는 행복을 너무 어렵게 생각하는 것 같기도 하고, 아주 먼데 있는 것 같은, 나와는 관계없는 것같이 느껴지기도 한다.

불행한 일이 우리에게 더 많아서도 아니고 불행은 느끼기 쉽지만 행복은 그렇지 못해서가 아닐까. 불행의 파도는 충격적인 노도처럼 밀려오지만 행복의 파도는 잔잔해서 잘 느껴지지가 않을 뿐이다. 행복의 순간은 짧고 불행의 순간은 오래 가는 것 또한 같은 이유가 될 수도 있다.

남들과 비교 잘하는 우리의 습성도 한몫을 한다. 불행하다고 느끼고 있다면 분명 누구와 비교를 하고 있다는 증거다. 우리 여자들은 자기 자신뿐만 아니고 남편, 혹은 애들까지 남들과 비교하기 때문에 더욱 큰 문제가 된다. 꼭 자신들의 약점을 남들과 비교하는 자학성 때문에 불행을 자초하는 셈이다.

우리는 그 많은 요인 중에 왜 하필이면 못난 점만을 골라서 남들과 비교하는가. 또 그렇게 비교해야만 하는 것은 뭔지…….

행복과 불행은 어느 쪽을 바라보느냐에 따라 다르다. 행복의 물결은 너무도 조용히 우리에게 밀려오기 때문에 살며시 발을 옮겨 놓지 않으면 와 닿는 걸 못 느낄 수도 있다. 먼 훗날 돌이켜 생각하면 '아! 그 때가 행복했구나' 싶은 회상이 되는 것도 그런 이유에서이다. 타성에 젖은 눈으로는 절대 행복이 보이지 않는다.

검은 색안경을 쓰고 세상을 본다면 온통 세상이 암흑으로 보이는 이치처럼 불행한 눈에는 불행밖에 보일 것이 없다. 행복한 사람, 불행한 사람이 따로 있는 것이 아니고, 그러한 순간이 존재할 뿐이다. 행복의 파도는 밀려오기도 하고, 또 멀어져 가기도 한다. 그것은 언제나 한자리에 머물러 있는 것이 아니다. 아니, 머물러 있다고 해도, 얼마간의 시간이 지나면 또 느껴지지 않는다.

바로 이것이 중추신경의 속성이다. 언제나 행복감에 도취되어 있기를 원하는 건 환상일 뿐, 그럴 수 없는 게 중추의 기능이다. 불행을 모르는 사람은 행복이 뭔지 모른다는 말도 여기서 비롯된 것일 게다.

　　중추는 정반대의 자극이 서로 번갈아 올 때, 더욱 선명히 느낄 수 있게 되어 있다. 차가운 곳에서 더운 데로 들어오면 그 훈기를 분명히 느낄 수 있듯, 배가 고파야 나중에 만족감이 더 선명해지는 것처럼.

　　행복은 격한 감정이 아니다. 오랜만에 남편의 팔을 베고 조용히 누워 있을 때 아련히 밀려오는 느낌, 그것이 행복이다. 또한 행복은 쫓겨 사는 사람에게는 느껴지지 않는다.

　　행복의 또 한가지는 본질의 물욕이 강할수록 약해진다는 반비례 원칙이다. 젊은이들은 맨발로 풀밭에 아무렇게나 뒹굴어도 행복하다고 한다. 그런데 나이가 들면서 행복의 조건은 물질적 측면에 비중이 커지고 이것을 두고 불순하다고도 하지만, 현실적으로 쉽게 피부로 느낄 수 있는 것이 소시민의 애환인 것이다.

　　행복의 양은 빈부의 차가 없다. 내가 가진 것에만, 내게 주어진 것에만, 만족하면 되는 것이다. 꼭 만족이 행복을 가져오는 것은 아니지만, 만족 없이 행복해질 수는 없는 법이다.

　　행복의 척도를 남과 비교하지 말자. 나의 행복은 나의 안

방에서 뒹구는 것이지, 남의 집에서 건져 올 수는 없는 것이다. 바로 그것은 내 마음속에 있는 것이지, 남의 눈에 들어 있는 것이 아니기 때문이다.

불행한 사람은 행복이 없어서가 아니고 그것을 못 느끼는 행복 불감증 때문이다. 나의 행복은 나 자신이 추구하는 것이다.

친정아버지

　효도하고 순종하는 사람은 효도하고 순종하는 자식을 낳을 것이며, 어버이의 뜻을 거스르는 사람은 어버이의 뜻을 거스르는 자식을 낳을 것이다.

　처마 끝의 낙숫물을 보라. 방울방울 떨어져 내림이 조금도 어긋남이 없으니 옛 말은 조금도 틀리지 않는다. 콩 심은 데서 콩을 거두고 팥 심은 데서 팥을 거두는 법, 부모가 착해야 효자가 난다라는 말과 다를 게 무엇인가.

　글은 쓸수록 쓰기 어렵다는 것을 경험한다. 첫 수필집을 내면서 꼭 쓰고 싶은 글이 있다면, 넓고 깊은 사랑으로 올바른 삶을 살아갈 수 있도록 키워 주신 친정아버지에 대한 글이다.

풍수지탄. 나무가 조용해지려고 하지만 바람이 자지 않는다는 말처럼 나는 지금 아버지가 세상을 뜨신 후에야 처절하도록 불효했음을 뉘우치고 있다.

아버지께서 올바른 삶을 가르쳐 주시지 않았더라면 어찌 오늘의 내가 있을 수 있겠는가. 효도하는 길이 비록 어렵고 까다롭더라도 최선을 다하고 싶었는데 때를 놓쳐 버리고 말았으니 이 아픈 마음을 무엇으로 표현할 수 있을까.

춘천시장을 지내실 때나 국회의원 시절에 당신의 몸을 돌보기보다는 지역의 발전과 지역민을 위해서 연구와 노력을 기울이며 헌신한 분이셨다.

1988년에 발간된 강원도 저명 인사들의 회고록에도 아버지의 일화가 소개되었다. 아버지의 삶의 역정은 분명 마음을 비운 얘기들로 가득 차 있기에 우리 후예들에게 영원히 공감대를 높여주고 있었다.

지금 우리가 누리고 있는 풍요와는 거리가 먼 시대를 사셨으나 아버지의 삶의 자세는 참으로 엄숙하고도 진지했으며 생의 마지막 순간까지도 개척의 노를 멈추지 않으셨고 가난과 인고를 숙명처럼 짊어지고 사셨다.

할아버지는 병조판서를 지낸 신헌(申櫶)의 3대손으로 신헌의 묘비가 있는 춘성군 신북면 용산리 놋점마을에서 태어나셨다. 할아버지는 육군 유년학교를 졸업하신 분으로 학구

열이 대단하셨단다.

아버지는 이따금씩 우리 형제들에게 할아버지 얘기를 들려주셨다. 할아버지는 밤늦게까지 책상에 앉아 독학으로 법률 공부를 하여 변호사 개업까지 하셨다고 한다. 할아버지는 아버지 형제 8남매 모두 대학교육을 시키셨다.

아버지가 태어난 1908년은 우리 나라에 동양척식주식회사가 설립된 해이며 장인환이 미국에서 스티븐스를 사살하던 역사적인 해이기도 하다.

아버지는 태어나신 놋점마을에서 열 살까지 살았다고 한다. 놋점마을은 할아버지가 태어나신 곳이며 아버지의 잔뼈가 굵은 향수 어린 곳이며 꿈을 꾸시고 키우신 곳이다. 얼마전 고국 방문길에 성묘를 가보니 인근에 군부대가 들어서 있는 데다가 산도 벌겋게 헐벗은 채 민둥산이 되어 있었다. 그러나 그때 그 곳은 겹겹이 울창한 산으로 둘러싸여 있는 경치 좋은 산골마을이었다. 겨울철이면 먹을 것을 구하려고 산에서 내려온 노루의 발자국이 보리밭에나 마당에까지 찍혀 있을 정도로 짐승이 흔했다. 멀리 북산까지 사냥을 가지 않더라도 마을 앞 큰산만 오르면 멧돼지나 노루 한 두 마리쯤은 쉽게 잡아올 수 있었던 마을이다.

아버지는 사냥을 즐겨 하셨는데, 맏딸인 어린 나를 아들마냥 사냥복까지 맞추어 입혀서 데리고 다니셨다. 나는 날씨가 추운 겨울이면 밖으로 나오지 않고 짚차 안에서 아버지가 꿩 잡는 모습을 지켜보곤 했는데, 순식간에 장끼 몇 마리 정도는 총으로 쏘아 쉽게 떨어뜨리곤 했고, 그 때마다 아버지가 아끼셨던 포인터 '닥기'는 잽싸게 달려가 꿩을 물어 왔다. 닥기가 늙어 죽자 집안 식구들은 마치 한 가족을 잃은 것처럼 슬퍼했었다.

아버지 형제 8남매 중 둘째, 셋째, 다섯째 숙부는 일찍 돌아가셨기 때문에 4남 1녀로 5남매뿐이었다.

큰숙부(근철)께서는 강원도 종축장과 도농촌진흥원장을 지내시다가 제주도 농촌진흥원장으로 발령을 받아 정년퇴임 때까지 제주도에서 사셨는데 몇 달전 노환으로 세상을 뜨셨다.

넷째숙부(기철)는 배재고와 연희전문을 졸업했는데 여섯째숙부(용철)와 함께 평생 노고 끝에 『새우리말 사전』을 펴내는 업적을 남기셨다. 그런데 여섯째숙부께서는 서울대학교 법과대학을 우수한 성적으로 졸업하신 명석하신 분으로 나와는 정이 많이 들은 분인데 지병인 고혈압과 당뇨로 몇 해전 안타깝게 세상을 뜨셨다.

아버지 형제로 막내인 고모(제철)는 이화여대를 졸업하고 의학박사인 남편을 만나 지금까지 다복하게 살고 계시다. 몇 해전 이화여대 100주년 기념식 때는 퀸으로 뽑히는 영광스러운 자리에 오르기도 했다.

여섯째숙부(용철)만 제외하고는 아버지 형제분은 모두 국문학을 전공하셨다. 6·25전쟁 때 돌아가신 셋째숙부는 중

앙대 국문과 교수를 지냈으며, 다섯째숙부는 동국대 국문과
를 나와 덕수상고에서 교편을 잡으셨는데 역시 6·25전쟁
때 타계하셨다.

그런데 재미 있는 사실은 법대를 나온 숙부가 국어사전을
편찬했으니 사람 하는 일이 억지로 되는 건 아닌가 보다.
또한 셋째숙부와 넷째숙부가 독립운동을 하셨기에 신변에
해를 입을까 항상 집안 식구들이 근심을 사게 했다고 한다.

이렇듯 아버지 형제분은 독립운동을 하시고 우리말 우리
글을 갈고 닦으심으로 한결같은 마음으로 나라 사랑을 하셨다.

호반의 도시 강원도 춘천은 푸른 정기의 봉의산과 맑은
소양강이 있는 깨끗하고 아름다운 도시이다. 아버지는 춘천
고등보통학교가 창설되던 해에 입학하셔서 제1회 졸업생이
되는 셈인데 입학한 지 얼마 안되어 할아버지께서 더 열심
히 학업에 매진하라며 아버지를 경성으로 보냈다고 한다. 아
버지도 도회지에서 공부할 수 있다는 호기심과 전차도 마음
껏 탈 수 있다는 꿈에 부풀어 흥분되기도 했었노라고 말씀
하셨다.

제일고보(현 경기고교) 2학년 때 아버지는 육상 실력이
뛰어나서 일본으로 유학을 가서 동경체전을 졸업하시고 다
시 고향으로 돌아오셨다.

아버지가 사회에 첫걸음을 디디면서 처음으로 맡은 일은
조선일보 춘천지국장이었다. 처음 해보는 신문 장사라서 어

려운 일이 한 둘이 아니었다고 한다. 신문 배달까지 손수 하셨는데 1인 3역을 하셨던 것이다. 허리춤에 방울을 달고 짤랑거리면서 신문 배달을 했다는데, 당시 춘천읍을 돌아다니던 사람 치고 그분이 바로 아버지라는 사실을 모르는 이가 없을 정도였다고 한다. 신문 배달을 하여 번 돈은 독립운동을 하다가 서대문 형무소에 구금되어 있던 두 아우에게 영치금으로 넣어 주었다.

조선 팔도에서 지국장이 배달까지 한 사람은 황해도 해주의 김모 국장과 아버지뿐이었다고 한다. 아버지는 그 때의 추억을 반백의 나이가 되어서도 한 토막의 무용담처럼 우리 형제들에게 들려주시곤 했다.

3년 후 아버지는 경제부로 자리를 옮기셨는데, 돈푼 깨나 쥐고 흔드는 총독부 간부들과 어울릴 기회가 많았다. 경제부에서 일을 하게 되면서 아버지가 얻은 것은 일본 사람들의 얄팍함에 정면으로 대응하는 대담성을 키운 것과 서툴었던 술만 늘었다고 하셨다. 당시 일본 사람들과의 어울림에서 꽤나 마음 고생을 하셨다고 한다.

해방이 되자마자 아버지는 대한민국건국주비 춘천시위원회 위원장직을 맡게 되고, 그 이듬해인 1946년 당시 나이 37세의 노총각으로 어머니를 규수로 맞아 결혼하셨다.

딸 넷에 막내로 아들 하나를 두었는데, 맏이로 태어난 딸이 바로 나이다. 내가 한글날에 태어났다고 해서 훈민정음에

서 딴 바를 정(正)에 소리 음(音)을 연결해 정음(正音)이라
는 이름을 지어 주셨다.

나는 아버지가 짝지어 준 남편과 1969년 결혼하여 1972
년에 아들을 낳았고, 1976년 남편을 따라 도미하여 시카고
에서 스물다섯 해를 살고 있다. 남편은 공부를 계속하고 싶
은 마음에서 미국행을 선택했는데 아버지께서는 우리 부부
의 미국행에 대해서 "우리 나라도 좋은데 왜 남의 나라에 가
서 살아야 하느냐"며 매우 애석해 하셨다. 이제서야 아버지
의 심정을 조금이나마 이해할 것 같으니 내게 인생의 깨달
음은 이리도 늦게 찾아 온 것 같다.

어머니는 네 딸을 출가시킬 때마다 은근히 걱정을 하셨단
다. 그것은 딸들이 당신처럼 딸을 낳으면 어쩌나 노심초사
했는데 다행히 출가한 딸들이 모두 첫아들을 낳았으니 어머
니의 걱정은 기우였다. 당신은 내리 딸자식만을 출산하여서
할머니의 눈치를 보아야 했단다. 노산으로 막내 남동생을 낳
고는 무려 4개월 동안이나 하혈로 제대로 걷지를 못하셨다
니 딸자식들에게 거는 남아 출산의 기대는 아마 지대하셨을
것이다. 그래서 어머니는 딸자식들의 득남 때마다 특히 기뻐
하셨다. 아버지가 돌아가실 때 남동생이 12살이었는데 이제
는 성인이 되어 춘천에서 성실하게 직장생활을 하고 있다.
큰누이로서 마땅히 해주어야 하는 소임이 있었음에도 그러
지 못한 게 두고 두고 미안함으로 남아 있다.

1950년 아버지는 춘천시장에 부임하셨다. 6·25전쟁이 터진 지 얼마 안되어 춘천은 도청과 시청은 다 무너졌고 한마디로 쑥대밭이 되었다. 수복 후 춘천시의 거리는 불타 버린 흉물스런 잔해와 송장들로 인해 코를 못들 지경이었다고 한다.

몇 년간의 시장 임기 동안 길거리의 폭탄 자국으로 패인 웅덩이를 메우는 일, 송장 치우는 일, 굶주리는 시민들에게 옷가지와 식량 등 구호물자를 배급해 주는 일 등으로 동분서주 하셨다.

아버지는 그때를 회고하면서 전쟁의 후유증이 이렇게 클 줄 짐작도 못했노라며 한탄하시곤 했다.

춘천에는 미군들이 주둔해 있었다. 그런데 미군 짚차 한 대가 거의 매일 우리 사택 앞에 서 있었단다. 나중에 알고 보니 한 미군이 어린 나를 데려가려 했다는 것이었다. 그는 나를 아이노꼬(튀기)라면서 나에게 많은 관심을 가졌다고 한다. 어머니는 깜짝 놀라서 얼마 동안 나를 문밖출입도 못하게 했다.

나는 어릴 때부터 잔병치레가 잦았다. 쉴새없이 양쪽 눈에 다래끼가 났고 신장염도 앓았다. 폐도 약하여 햇병아리처럼 시름시름 했단다. 늦게 얻은 맏딸인 그런 내가 아버지는 안쓰러웠던지 자상한 배려를 아끼지 않았었다.

결혼할 나이에 접어들 즈음, 정음이 사위는 똑똑한 사람을 골라야 한다며 온 집안 식구들이 신경을 쓰고 계셨다. 아버지는 지금의 남편을 가장 맘에 들어 하셨다. 그런데 숙부 한 분이 남편의 성씨가 흔하지 않은 '마씨'임을 들어 반대의견을 내셨다고 한다. 그러나 아버지는 마씨가 어때서 그러느냐며 중국 왕의 자손으로 귀한 성이라서 좋다며 내 어깨를 두드려주셨다.

아버지의 사위사랑은 특별하셨다. 우리 집에서는 큰 행사가 하루가 멀게 자주 벌어지곤 했다. 어느 설날 아침에 일하시던 두 분이 교자상을 광에서 내오고 있었다. 그것을 본 남편이 거들어주었다. 때마침 그 광경을 보신 아버지가 "아, 집에 사람이 없어서 자네가 상을 드느냐"고 불호령을 내리셨다. 그때 숙부들이 "예, 여기 있습니다"하면서 대신 교자상을 거들었다고 한다. 그 뒤로 오랫동안 숙부들은 "형님은 동생들보다 사위를 더 생각하신다"고 모임이 있을 때마다 말씀하여 웃곤 하였다.

내가 아이를 갖고 입덧이 심하여 먹지를 못해 갈잎처럼 말라 있었다. 아버지의 자상한 배려를 이때 또 절절히 실감하였다. 누워만 있는 나를 위하여 간호원을 집에 상주시켜 놓고 링거 병을 손목에 꽂고 지내게 했다.

우리 집은 앞뒤로 잘 가꾸어진 정원이 있었는데 관상수를 비롯하여 각종 꽃나무와 과일 나무들이 있었다. 손님들은 창경원 같다며 황홀해 할 정도로 크고 좋았다. 특히 많은 과일 나무 중에서 살구나무가 아버지 어머니의 사랑을 받았다.

살구가 익으면 어머니는 잘 익은 살구를 따서 큰항아리에 해마다 살구주를 담그셨다. 아버지는 우리 집의 명물이라며 살구가 보기 좋게 익으면 바구니에 담아 예쁘게 보자기로 싸서 가깝게 지내는 분들에게 나누어주셨다. 그 살구 바구니 심부름을 꼭 나에게 시키셨는데 심부름을 다녀오면 어느 길로 갔었느냐, 초인종을 몇 번 눌렀더니 누가 대문을 열어주더냐, 무어라 하시더냐 등 아주 세심하게 물으시곤 하였다.

주말에 사위가 들르면 아버지는 다른 약속을 취소하시고 집에서 꼭 겸상을 하면서 살구주를 드시곤 했다. 사위라는 느낌보다는 아들에게 쏟는 사랑을 베풀어주신 것 같다.

어느 주말에 남편이 회사 일을 보다가 버스와 기차를 놓쳐서 춘천에 내려오지 못한 적이 있었다. 아버지는 늦게까지 저녁 진지를 들지 않으시고 사위를 기다리셨다. 이튿날 아침 일찍 내 방문을 열어보시며 "마서방 안내려 왔지" 하시며 서운해하던 아버지의 얼굴 표정이 아직도 눈에 선하다.

우리 집에서 함께 살다가 시집 장가 든 언니 오빠가 셀 수 없이 많다. 지금 그분들이 강원도 곳곳에서 잘 살고 있다고 한다. 아버지의 자상하심과 후한 인심으로 그들을 친자식과 다름없이 키워서 인연의 짝을 찾아 주었으니 그것도 인덕이었을 것이다.

아버지는 마음도 자세도 보기 드문 영국신사 같으셨다.

'모시노타이'라고 불렸던 남방셔츠를 걸치신 아버지의 풍채가 참 멋이 있었는데 기품 있고 지혜로운 품성까지 엿보였다.

아버지는 내가 지금까지 살아오면서 비슷한 사람을 만나 뵙지 못할 만큼 절대적인 모범 인물이셨다. 내가 큰 잘못을 했을 때도 급하게 소리 내지 않으셨고, 내가 조급해 할 때마다 늘 "참을성을 좀더 길러라. 인내를 가져라"며 조언을 주셨다.

언젠가 남편과 말다툼을 하는 중에 나는 "아버지도 남자이지만 당신 같지 않았다"고 말했다. 남편은 "나는 당신의 남편이지 부모가 아니다"라며 버럭 화를 냈다. 그때는 남편의 말을 무심히 들어 넘겼는데 시간이 지날수록 부부는 같은 길을 걷는 동반자이며 서로에게 보탬을 주고 또 맞추며 살아가는 사이인데도 친정아버지와 비교한 것이 두고두고 남편에게 미안하다.

아버지가 시장 출마를 하셨을 때의 일이다. 어머니는 춘천에 있는 거지를 모두 불러들여 국수를 삶아 먹였다. 나는 그 정경에 깜짝 놀라 화를 내며 신경질까지 부렸다. 그때 아버지는 나에게 사람은 인간 차별을 해서는 안 된다고 하셨고 이어서 욕심에 대해서도 가르침을 주셨다.

"눈에는 보이지 않지만 우리들의 일거일동을 다 아는 자가 둘 있느니라. 하나는 신이요, 또 하나는 양심인 것이다. 우리는 백년을 살기가 힘들거늘, 사람들은 부질없는 천년의 계획을 세우니 한심한 일이 아니더냐."

　우리 집은 항상 철대문이 굳게 잠겨져 있었다. 그러나 아버지가 집에 계시는 날에는 쪽문을 꼭 열어 놓게 하셨다. 그곳으로 온갖 광주리 장수들이 집안으로 드나들었다. 아버지는 우선 장수를 불러들인 후 필요한 물건이 없는데도 남은 물건을 다 놓고 가라며 떨이를 해주셨다. 그런데 재미있는 사실은 아버지가 지갑에 돈이 없으면서도 매번 그러셨다. 그럴 때마다 일하는 언니들이 광에서 쌀을 퍼다가 대신 셈을 치렀다. 아버지가 계신 날 우리 집에 들른 장수는 그날 물건을 모두 팔 수 있는 행운을 잡는 것이었다.

　내가 국민학교 다니던 시절에 아버지는 사친회장, 기성회장직을 맡으셨지만 학교에다 돈을 낸 적이 없는 것 같다. 대신 운동회나 행사 때 여러 운동기구나 필요한 물건들을 기증하셨다.

　겨울이 되면 교실에서는 난로 위에 도시락을 겹겹이 얹어 놓았다. 나는 어머니가 짚차를 타고 놋주발에 따뜻한 밥을 지어서 직접 갖다 주시곤 했다. 그때는 철부지라서 어려웠던 친구들 처지를 헤아릴 줄 모르고 우쭐했었다. 그런데 이제와 생각해 보면 어머니가 나의 버릇을 나쁘게 길들여 놓은 것 같다. 부러울 게 없이 생활하다 보니 속된 말로 버르장머리가 없었던 것이다.

　내 유년의 생활은 사랑을 담뿍 주는 부모님 밑에서 부족함이 뭔지 모르고 풍족하게만 지낸 것이다. 나에게는 되지 않는 일이 없었고, 내가 하고자 하는 것은 뭐든지 해야 했고, 또 내게 해주어야만 하는 것으로 알고 자라왔다.

아버지는 춘천 시장으로서 당시 폐허가 된 시를 복구하기 위해 동분서주하셨고 임기를 마치고 강원일보 사장으로 취임을 하셨다.

아버지가 강원일보에 취임하시자 마자 해결해야 할 일이 산적해 있었다고 한다. 사옥 확장 문제, 각 기관 단체와 가정의 어려운 일을 도맡아 하기 등등.

아버지는 강원일보 사장에 취임하신 뒤로 타블로이드 배판에서 매일 4면을 발행하는데 성공했으며, 춘천의 중앙로 1가 53번지에 2층 콘크리트 사옥을 새로 짓기까지 극한의 역경을 헤치면서 온 정열을 신문사에 쏟으셨다.

자금난으로 우리가 살고 있었던 요선동 집까지 은행에 담보로 잡히셨다. 언젠가 집에 차압이 들어와 가구마다 무슨 종이 쪽지를 붙였던 기억도 난다.

그리하여 1959년 6월, 강원일보가 지령 3천 호를 맞아 성대한 잔치를 베풀게 되었으니 그렇게 되기까지 아버지의 노고를 어찌 필설로 다 표현할 수 있겠는가.

아버지가 국회의원 시절에 박정희 대통령이 "신의원은 대단한 사람이야. 청렴하고 청개구리야"라고 칭찬을 받았다 한다. 대통령이 신임할 정도로 아버지는 청백리의 표상이셨다.

아버지는 강원일보에서 재직했을 때를 뒤돌아보시면서 그 때만큼 평생 가슴 뿌듯하고 감회 깊던 시절은 없었다고 회고하셨다.

그 후로도 신문사는 또 한번의 경영난으로 어려운 일에 부딪히게 되었다. 사옥을 새로 짓고 인쇄 시설의 쇄신을 위해서 윤전기를 들여오느라 겹치고 겹친 재정난으로 인해 부도를 내야 할 위기에 이르렀다. 그래도 아버지는 강원도민의 눈이 되는 강원일보를 멈추어서는 안 된다며 시민들만 생각하셨다. 그래서 또 다시 우리 집을 은행에 담보로 맡겼다.

그런데 다음 해에 5·16이 일어났고, 최고회의에서 발표한 언론시설기준은 아버지에게는 청천벽력이었다. 빚을 내어 몇 달씩 밀린 사원들의 급료를 지불하였다. 후에 아버지는 그 때 사원 가족들의 얼굴에 생기가 도는 것을 보는 것만큼 가슴 벅차고 자랑스러웠던 때도 없었다고 회고하셨다.

아버지는 하고 싶은 일을 하셨던 것이고 동료들도 아버지의 고충을 이해하고 협조해 주었다며 고마움을 잊지 않으셨다. 사원들을 위해서라면 함께 굶고 울 수도 있다는 친애의 정으로 강원일보사를 앞장서서 이끄셨던 것이다.

이렇듯 아버지는 신문사를 어렵게 일으켜 세우셨다. 그러나 강원일보가 명실공히 강원도의 대변지가 되기까지 아버지가 겪으셨을 고통과 흘렸을 눈물은 아무도 모를 것이다. 그래서 아버지는 생애 모든 것을 바쳐 몸담아 온 강원일보

사 시절을 영원히 잊을 수가 없노라 말씀하시는 것이리라. 값진 교훈이 됨직한 온갖 것을 다 동원한다 해도 바꾸지 못할 것이라고 말씀하셨다.

1963년 아버지가 6대 국회의원에 당선되면서 우리 집은 하루도 빼놓지 않고 드나드는 사람들로 인해 붐볐다. 국회의원 임기 동안 각계 각층 다양한 지역구의 민원을 해결하기 위해 몸과 마음을 아끼지 않으셨다. 그 때 집에서 며칠씩 숙식하는 사람들도 꽤 많았다. 어머니는 그분들을 접대하시느라 고달프기 그지없는 생활의 연속이었다.

아버지는 주례 청탁도 많이 받으셨다. 청탁이 들어오면 거절하지 못하시고 어떤 때는 하루에 두 번씩도 주례를 서주었으니, 주례를 서준 신혼부부만도 헤아릴 수 없이 많다.

지금도 아버지가 몸담았던 기관에 걸려 있는 아버지의 사진을 대하며 사람은 가고 없어도 그의 생전의 업적은 길이 남는다는 것을 실감한다.

아버지가 내게 베풀어주신 사랑이 지금 내 가슴에 고스란히 간직되어 있다. 아버지가 한복을 곱게 입으시고 늦은 저녁 책상 앞에 앉아서 일기를 쓰시던 모습이 눈에 선하며, 그 모습을 더듬을 때마다 인생의 덧없음을 슬퍼하지 않을 수 없다.

국회의원의 임기가 끝나고 좀 쉬고 싶구나 하셨는데 춘천 MBC 사장을 맡지 않을 수가 없었다. 다시 심혈을 기울여 춘천에서 유일한 방송을 위해 마지막으로 혼신의 힘을 다하셨다. 그때 몸이 많이 쇠약해지시자 MBC 회장으로 일선에서 물러나셔서 조용한 시간을 갖게 되었다.

1976년 내가 미국으로 떠나오던 해, 그리도 섭섭해하시면서 며칠을 우셨다.

"아버지 걱정 마세요, 미국에 가서 아버지 초청할게요."

"그래, 잘 가서 살거라. 남편공대 잘하고 자식 잘 키우거라. 내 걱정은 말고 네가 이담에 효도할 때는 아마 이 애비는 죽고 없을 게다."

이 말씀 속에는 아버지의 어떤 예감 같은 게 있으셨던 것 같다. 내가 떠나온 그 해 9월에 세상을 떠나셨으니….

아버지가 갑자기 돌아가시자 가족들은, 미국으로 떠난 지 2개월여 정도밖에 안된 나를 생각하여 일부러 연락을 하지 않았다고 한다. 그때는 미국에서 우리 한인들은 채 안정이 되지 않은 상태여서 신문도 며칠씩 늦게 도착하였다.

어느 날 신문을 펼치니 신문 하단에 실린 아버지의 별세 소식과 함께 아버지 사진이 나와 있었다. 깜짝 놀란 나는 내 눈을 의심하면서 몇 번씩이나 눈을 비벼댔고, 그래도 실감이 나지 않아 가까운 분에게 전화를 걸어 신문에 난 기사가 틀림없느냐고 확인을 하였다. 부랴부랴 춘천으로 전화를 하니 오늘 바로 아버지의 장례식을 치렀다는 것이었다.

그런데 아버지가 돌아가셨는데도 눈을 감지 않으셔서 어

머니가 "영감, 정음이는 미국에서 잘 살고 있으니 걱정하지
말고 편히 눈을 감으시구려" 하니 그제서야 살아계신 듯 아
버지의 눈이 스르르 감기었다는 것이다. 어머니의 말씀에 나
는 너무 목이 메어 아무 말도 할 수가 없었다.

　땅이 무너지고 하늘이 무너지는 슬픔이 이보다 클까. 나
는 너무나 기가 막혔다. 전화를 끊고는 먼 고향 하늘을 바
라보며 부정(父情)을 향한 오열을 토해낼 뿐이었다.

　지금도 꿈에서 아버지를 이따금 뵙는다. 아마 내가 이제
야 철이 들어가나 보다. 내가 지금 아버지에 대한 글을 쓰
는 것은 아버지를 자랑함이 아니다. 나의 불효를 반성하고
내 가정을 위해서 아버지의 산 교육을 토대로 자식을 훌륭
히 키워내고자 하는 마음속의 다짐인 것이다.

　하나밖에 없는 아들이 올해는 법대를 졸업한다. 이제 국
제 변호사가 된다고 생각하니 핏줄은 속일 수가 없는지 분
명 외탁을 많이 했나 보다. 오랫동안 풋볼도 했으니 운동
신경이 좋은 아버지를 닮은 것 같아 대견하다.

　인간은 죽을 때까지 그리움과 아쉬움을 지니고 살아야 하
는가 보다. 이제는 아버지가 가르쳐 주신대로 남은 생을 후
회 없이 살고 싶다.

　아버지 효도 한번 못한 죄스러움을 이 글을 통해서나마
용서를 비옵니다.

삶의 길목에서

— 사랑하는 아들에게 —

사랑하는 아들아!

자주 너에게 내 마음을 전하고 싶은 마음은 가득했으나 언제나 잡다한 일에 쫓기다보니 그러한 소망마저도 이루지 못한 채 많은 날들이 흘러갔다. 오늘은 그 동안 너와 못다 나눈 이야기를 나누고 싶구나.

사람은 모름지기 다 살고 난 다음에야 짧은 인생이라는 말을 실감한다고 한다. 어미 역시 어느새 오십 년이 넘도록 인생을 살았구나.

내 나이가 마치 거짓말 같지만 이만큼 살아온 것은 거짓이 아닌 사실이다. 정말 언제 이처럼 오랜 세월을 살았나 싶구나. 인생을 살아온 사람 치고 소설 같은 얘깃거리 없는 인생이 어디 있으랴마는 어미의 인생도 우여곡절이 수월찮지 싶다.

그러나 어미는 늙어서 가장 귀한 재산은 추억이라 하였으니 지나간 아픈 기억들이 성숙의 뜨락을 넓혀 준 디딤돌이라 생각하고 살아간다. 연륜에 따라 그 빛이 퇴색되어 가고 지난날 어미가 받았던 과분한 은혜를 너에게 보답하는 마음으로 살아가고 있는 것이다.

한 그루 대나무가 볼품없이 길쭉해도 모진 세파를 견디는 것은 속이 비어 있음이요, 마디가 있음이다. 속이 비어 있는 것은 욕심이 사납지 않아야 되는 이치를 가르쳐 주는 것이고, 마디가 층층으로 이어지는 것은 무수히 부닥치는 시련을 매듭짓고 살라는 가르침일 것이다.

사랑하는 아들아!

아침부터 날씨가 꿈틀거리고 을씨년스럽더니 올해 들어 첫 눈발이 날리는구나. 자고 일어나니 온 몸이 물먹은 솜처럼 무겁기 그지없고, 늦게 잠자리에 들었던 탓인지 아니면 나이가 든 탓인지 부석부석한 얼굴이 마치 갓 출산한 산모처럼 부어 있구나. 세월이 어찌 흐르는지를 염탐할 겨를도 없이 살아오면서 욕심이 있었다면 너 하나에 기대를 걸고 희생과 헌신으로 일생을 살아왔다고 이 어미는 한마디로 말하고 싶구나.

사람은 한치 앞을 모른다 하거늘 때로는 네가 보고 싶어서 저녁 달빛을 깔고 눕고 싶을 때도 더러 있단다. 인생은 느끼면 비극이고 생각하면 희극이라고 한다. 고통과 괴로움에 빠져 본 사람만이 인생의 깊이를 알 수 있다고도 한다. 그래서 고통은 인간을 생각하게 만들고, 생각은 인간을 지혜롭게 만든다고 했으니 살아가면서 실패의 쓴잔을 마시는 일이 있더라도 지혜로운 마음을 가지고 살아야 한다.

옛말에 며느리가 귀여워도 아내만 못하고 아내가 좋은들 어머니만 못하다고 했다. 이 말은 조건 없이 부어 주시는 어머니의 사랑은 헌신과 희생이요, 눈물겹도록 참고 인내하며 마음을 슬기롭게 다스리는 데서 얻어지는 게 바로 어머니의 사랑이란 말일 게다. 항상 마음속에 너의 건강을 빌며, 매일같이 편지로나마 이야기를 주고받고 싶은 것이 어미의 심정이란다. 주고받는 이야기 속에서 네가 어떻게 이 시대를 살아가야 가장 보람되고 충실한 길인지 하나씩 터득하여 갈 수 있으리라는 확신이 들기 때문이다.

어미가 시집올 때 귀가 아프도록 들었던 이야기. "철부지로 어려서는 아버지를 의지하고 젊어서는 남편을 의지하고 늙어서는 아들에게 의지하는 것이 여자 팔자다. 그러니 시집 가거든 남편 공대 잘하고 자식 잘 키우거라" 하시던 부모님 말씀이 문득 머리에 떠오르는구나.

스물일곱 해전 너를 임신하고 너의 어미와 아버지는 얼마나 기뻐했는지 모른다. 우리 부부는 마침내 소망하던 아들을 낳아 소원을 성취하고 금지옥엽 아끼고 사랑하며 똥오줌 더러움을 싫어하지 아니하고 젖을 먹일 때에도 피곤한 줄을 몰랐었다. 네가 점점 자라서 공부할 나이가 되어 학교에 다니고 이제는 집에서 멀리 떨어진 대학에 보내 놓고 하루에도 몇 번씩 네가 보고 싶고 네가 집에 오기를 기다린단다.

지금은 네가 일생을 걸고 해내야 하는 법학을 공부하고 있는 터, 인격적으로 장성하고 어른이 되어 성숙함에 이런 얘기도 나눌 수 있으니 세월도 많이 흐르고 어미도 이제는 늙었구나.

사랑하는 아들아!

이른 아침 활짝 열어제친 창으로 들어오는 공기가 상쾌하다. 네가 집을 떠나고부터는 주야로 네 생각에 눈물도 많이 흘렸다.

참으로 허전하더구나. 어미가 자식을 길러내고 교육시키는 것은 기본적인 의무가 아니겠느냐. 그렇다손 치더라도 부모가 자식에게서 바라는 효는 진정 무엇이겠느냐. 너의 성공이다.

네가 4살이 되던 해, 미국으로 건너와 살면서 너무 일에 묻혀 살다보니 너와 함께 있는 시간도 많이 갖지 못했고 마음 써 준 일이 별로 없는 것 같아 어미의 마음이 늘 아팠다.

일생동안 추억거리로 반추해 볼 수 있는 경험을 생각해 보면 전생의 깊은 인연이 있어 마씨 가문에 인연을 맺고 시집와 살면서 어언 29년이란 세월이 흘렀다. 그 동안 어미인들 어찌 답답하고 어려운 일이 없지 않았겠냐마는 오늘을 위한 어제의 과정이었다고 치부해 두기로 하자.

사랑하는 아들아!

이 세상에 자기 자식을 사랑하지 않는 부모가 어디 있겠으며, 자식이 잘되기를 바라지 않는 부모가 어디에 있겠느냐. 그래서 예전의 어머니들은 딸이건 아들이건 자녀교육에 눈물겹도록 헌신하였던 것이다. 우리 나라 역사에 잘 알려진 일이지만 한석봉의 어머니는 아들이 공부하는 동안 잠을 자지 않고 돌보았으며 김만중의 어머니와 양사언의 어머니도 이에 되지지 않는 자식 교육에 열정적이었다고 한다.

글을 쓰다보니 네가 아홉 살쯤에 미식축구를 하겠다고 졸라대며 어미의 마음을 속상하게 했던 일이 기억나는구나. 너는 끝내는 미식축구를 하게 되었고, 한국 아이로서는 너 하나뿐인 팀에서 어질고 착한 심성으로 끈기 있게 운동을 하다보니, 팀에서 주장까지 맡게 되었고 나는 그런 네가 자랑스러워 가슴 뿌듯했었다.

어미는 자식에게 산 거울이어서 내 스스로 솔선수범 해야 한다는 것을 잘 알면서도 부족함이 많았느니라. 그런데도 네가 착하게 잘 자라주었으니 고맙구나. 또 학업에 열중하는 모습이 대견스러워 하늘에 감사한다.

우리 역사에 남아있는 유명한 얘기인데, 김만중의 어머니는 자식을 위해 귀한 곡식을 퍼 주고는 책과 맞바꾸어서 아들을 정성껏 가르친 덕에 김만중이 열여섯 살에 진사시험에 합격하였단다. 훗날 김만중은 어머니를 위하여 『구운몽』이란 소설을 지어 보답했다고 하는 효성스런 이야기가 전해 내려오고 있다. 자식에게 헌신과 사랑을 쏟은 김만중의 어머니 윤부인 이외에도 당시 어머니들은 모두 그러하였다고 하는구나. 그래서 어머니 말씀이라면 왕명도 거역했다는 말이 전해 내려오고 있다.

세월이 많이 흐르고 변하였지만 자식에 대한 사랑과 교육열은 변하지 않고 있으며, 오히려 더 강화되어 좋은 대학에 입학시키려고 과외를 시키는 것은 물론이고, 사회문제화 될 정도로 자식 사랑이 뜨겁거늘, 그 사랑이 옛날의 어머니 못지 않음에도 불구하고 왜 자식들은 옛날 같지 아니하고 탈선하는 자식이 늘고 부모에게 효도하고 순종하는 자식이 예전 같지 않은지 모르겠구나.

더욱이 옛날에는 부모를 평가하여 가문을 헤아려 볼 수 있었으며 자식을 보고 부모를 가늠할 수 있었다고 한다. 훌륭한 어머니에 훌륭한 아들, 그 아버지에 그 아들이란 말이 걸맞았는데, 요즘은 소위 명문가나 부유층 자녀들의 탈선이 더 많아졌으니 참으로 예삿일이 아니구나.

사랑하는 아들아!

어미가 늘 말했듯이 공부도 중요하지만 자신의 인격과 자질, 자신의 행동거지를 더 중요시해야 하느니라. 사람의 됨됨이는 부모가 가르치고 지식은 학교에서 배운다고 생각해야 옳을 것이다.

희생이 따르지 않는 사랑은 사랑일 수 없다고 성경 말씀에도 있듯이 자기 자신을 드러내지 않고 남을 위해 희생하는 행위는 어느 시대에서나 감동적인 것이다.

자식을 위해서라면 목숨을 담보하는 일에도 서슴지 않는 것이 부모의 진정한 마음이다. 지나간 세월을 돌아보고 생각해 보건대 인생은 욕심대로 살 수 있는 게 아니더구나. 많은 시간이 지나고 얻어듣는 말과 책과 조언과 경험을 통해서 인생을 살아가는 것이다.

사랑하는 아들아!

강하라! 힘차라! 당당히 서라!

성공의 길은 열려있는 문이 아니다. 힘껏 열고 들어가서 최선을 다해라. 지혜로운 아들은 아버지의 기쁨이요, 어리석은 아들은 어머니의 근심이라고 했으니 무슨 일이 있어도 심약해지지 말아라. 고통이 커서 견딜 수 없어도 참고 인내하면 그 인생을 더욱 크게 만들 수 있다. 사람은 평생을 배워도 부족함이 있음이다. 비어 있는 수레처럼 소리만 요란해서는 아니 된다.

유태인은 자식에게 물고기 한 마리를 주기보다는 잡는 법을 가르친다고 한다. 물고기 한 마리를 주면 하루밖에 먹지 못하지만 물고기를 잡는 법을 가르쳐 주는 것이 진정한 부모의 역할이 아니겠느냐.

옛날에 소혜왕후가 궁중의 비빈과 부녀자들을 훈육하기 위해 지어낸 내훈에는 아이에게 허물이 있는 것은 모두 부모의 양육 탓이고 자식이 어리석고 못난 것은 어머니에게 책임이 있다고 했다.

송시열 선생이 출가하는 딸이 행복하게 살기를 바라면서 써준 「계녀서」에는 딸자식은 어머니가 가르치고, 아들은 아버지가 가르친다. 하지만 아들도 글을 배우기 전에는 어머니에게서 모든 것을 배운다고 하였다. 자식이 잘 되고 못되는 것은 어머니의 책임이라는 가르침이다. 사람이 살아있는 한 누구도 빼앗을 수 없는 것이 지식이라고 했으니, 곧 배움이고 공부인 것이다. 늙어서도 배워야 하고 죽을 때까지 인간은 배워야 한다.

사랑하는 아들아!

우리 속담에 부모가 온효자가 되어야 자식이 반효자가 된다고 했느니라. 자신이 어머니에게 효도하면 자식 또한 나에게 효도하는 것이다. 자신이 어버이에게 효도하지 않는다면 자식 또한 나에게 어떻게 효도할 수 있겠느냐는 깊은 뜻이 담겨진 말이다.

세상에는 아직도 가보지 않은 길이 많이 있다. 후회가 쫓아오지 못하도록 주어진 일에 최선을 다하며 시간을 헛되이 쓰지 말거라. 황금 같은 시간을 아끼면서 이용하거라. 한 번 지나간 시간은 다시 되돌아 올 수가 없기 때문이다.

병아리는 알에서 막 깨어나면 어미를 따라 먹이를 구하는 갖가지 방법을 익히는데, 어미가 두 발로 북데기를 헤집는 것을 보고 새끼들은 그 귀여운 두 다리를 잽싸게 놀리면서 먹이를 찾는다. 마찬가지로 인간도 삶의 지혜를 어미로부터 배우며 정신적 교양을 익힌다.

세상에 태어나 걸음마를 익히고 말을 배우며 가족의 구성원임을 배우고 협동심을 익혀 나간다. 인간은 미세한 한 점의 생명체가 결성되면서부터 늙어 죽음에 이르기까지 배웠고, 배우며, 배움을 이어간다.

대체로 생의 길잡이가 되는 말들은 평범하여 말 자체로써 그 값진 의미를 찾기는 힘들지만, 진리의 성격을 띤 교훈일수록 인생의 여정에서 중요한 판단의 근거로 나타날 때 그 말들이 얼마나 소중한 것인지를 깨닫게 되는 것이다.

어느덧 짧게 머무는 햇살 안에서 눈발이 겨울비가 되어 촉촉이 내리더니 슬피 울던 짐승들의 소리도 멈춰지고 계절의 적막함이 빚어내는 풍경은 어미에게 찾아드는 몸살 같기도 하구나.

사랑하는 아들아!

요사이 때로는 잠을 설치기도 하는데 어젯밤에는 모처럼 숙면을 한 탓인지 일찍 잠에서 깨었다. 옷을 주섬주섬 입고

집 뒤쪽 호수로 나가 새벽 산책을 나서 보았다. 된 하늬바람을 맞으며 어슴푸레 눈터오는 미명 속을 혼자서 걷자니 살아있는 건 아무것도 눈에 띄지 않더구나.

삼라만상이 꽁꽁 얼어있고, 칼날 같은 바람에 숨이 막히고 떨고 서있는 나무들도 아픈 비명을 질러 대더구나. 잠시 너와 오늘의 현실을 지혜롭게 뚫어 볼 수 있는 얘기를 하고 싶어져서 이 글을 적어 보았다. 두고두고 읽어보면 이해가 잘 되리라고 믿는다.

조선시대 영조 임금 시절에 참판과 우부승지를 지낸 홍인모의 부인이던 영수각 서씨는 자녀들의 학구열을 돋우기 위하여 자녀들과 함께 각기 시를 지어 읊었다는데, 시를 읊고 나면 자신의 시작(詩作)을 얼른 찢어 없앴다고 한다. 그 까닭은 남자의 문장은 남자다워야 하는데 혹시 어머니의 작품 영향에 젖어 아들이 여성화되지는 않을까 하는 우려 때문이었다고 적혀 있더구나.

그 얼마나 세심한 배려더냐. 요즘 어머니와 자식들은 서씨부인의 행동거지를 되새겨 볼 필요가 있다고 생각한다. 혹시 돈으로 사랑을 표현하고자 하지는 않는지, 등수와 점수에만 과민반응을 보이지는 않는지.

사랑하는 아들아!

지금부터라도 네 자신의 삶의 현주소를 점검해 보아라. 참다운 삶의 길이 어떤 것인지를 판단할 수 있는 마음의 자세를 가지도록 하고 어미가 자식에게 주는 사랑과 기쁨은 네 삶의 밑천이 되어 준다는 것을 한시도 잊지 말거라.

이제 어미도 세월 앞에서는 어쩔 수 없나보다. 얼굴에 늘어나는 주름도 볼만해지고 예약되지 않은 삶을 살다보니 얼마인지 모르는 나의 시간이 아쉽고 조금은 두렵구나. 실컷 울고도 싶고, 뭔지 모를 억울함에 세월의 멱살을 잡고 화풀이라도 하고 싶어지는 초겨울 밤이구나.

그렇더라도 아들아, 보증수표 같은 든든한 네가 어미 옆에 있다는 것이 큰 위안이며 또 너로 인해 어미는 행복하다.

세상은 어지럽고 질투가 가득한 시대이지만 남에게 상처를 주는 일이 있어서는 아니 되며, 네 주위에 그런 친구를 두어서도 아니 되고, 너 또한 그런 친구가 되어서도 아니 된다는 것을 명심하거라. 늘 어미의 마음은 자신보다 자식이 더 잘되기를 바라는 마음이다. 이 세상이 다하는 날까지 너에게 참다운 인생 교과서가 될 수 있도록 최선을 다하마.

어느덧 97년의 해가 절벽 끝에 손톱처럼 걸려 있구나. 누구나 새해를 맞으면 희망찬 설계를 갖게 되는데 98년 새해에는 알찬 열매를 맺는 한 해로 맞이하거라. 꽃은 떨어지고 풀은 마르지만 열매는 영원히 남는 것이기에…….

사랑하는 아들아!

찰스 2세의 악명 높은 통치시대의 이야기다. 그 당시 대법관을 맡고 있던 샤프츠 베리라는 사람은 학문으로 배울 수 없는 교육이야말로 중요한 것이라고 말했다. 법대의 공부란 무한한 애정과 인간적인 지혜를 함께 지녀야 하는 큰 과제를 안고 있다.

어미 역시 어른들이 들려주신 값진 교훈이 없었다면 삶에서 그만큼 시행착오를 더 겪어야 했을 것이다. 모으는 것에서 행복을 찾지 말고 나누어주고 버리는 것에서 행복을 찾거라. 성인이 되어서 인생을 살아갈 동안 꼭 필요한 사람이 되고 내 자신에게 부끄럽지 않게 살아가야 한다.

어미는 늘 이 점을 유의하며 살아왔고 남은 생애도 그렇게 살아갈 것이다. 인생을 살다보면 어려움이 따를 때가 있는데 그럴 때는 모든 원인을 네게서 찾도록 노력해야 문제가 쉽게 해결된다는 것을 잊지 말아라.

작은 일에 감사할 줄 알아야 큰 일에 감사하게 되고 작은 일에 감사한 마음을 가져야 크게 감사할 일이 생기는 것이다.

이담에 자식이 생기거든 자식에게 줄 사랑을 새로 만들어서 주어야 한다. 부모가 자식에게 쓰는 돈은 어버이의 땀방울이요, 어미의 사랑과 정성이니 그 은혜를 잊지 않도록 해라. 언제 어디서나 마씨 가문의 가훈처럼 최선을 다해라.

사랑하는 아들아!

프랑스의 한 소설가인 로맹롤랑은 인생은 왕복차표를 발행하지 않는다고 말했다. 귀한 명언이다. 잘 기억해 두었다가 최고의 인생을 보내는데 도움이 되기를 바란다. 학교 교육은 정해져 있는 것이며 사지선다형 위주이지만 가정 교육이나 사회교육은 삶의 지표가 되는 소중한 귀감들이다. 스스로의 노력만이 언제나 소중한 존재로 봄날의 단비처럼 모든 사람들의 가슴에 촉촉이 젖어 드는 것이다.

무심히 그려보는 계절, 우리 곁에 겨울은 왔지만 글을 쓰는 동안 유난히 파지가 많이 나는 계절인 것 같구나. 깊은 우물 속에 떨어지는 물방울 소리같이 적막한 이 밤, 이제 펜을 놓을 때가 되어 가는구나. 잠을 청해 보지만 잠은 오지 않고 슬픔과 기쁨이 어우러져, 새삼 사는 게 뭔지 인생을 뒤돌아보게 하는구나. 모든 이치가 만나면 헤어지고 그래서 회자정리가 아니겠느냐.

지금까지 어미가 들려준 얘기들은 친구로서 충고한 것 같은 맘으로 받아들여라. 밤하늘에 걸친 보름달이 잠을 재촉하는구나.

사랑하는 아들아!

모든 것을 아끼지 말고 한 주인의 나무 한 그루를 이 미국 땅에 멋지게 뿌리깊게 내리게 해라. 후에 네가 가정을 이루면 이 어미의 이야기가 진득하게 마음에 와 닿으리라 믿는다. 최선을 다해 살아가거라.

너를 지켜주는 사랑하는 엄마로부터

(신년특집 여성 에세이 신문 기고문)

사추기

　하루의 시작이 열리는 새벽이면 나는 어김없이 6시 30분
에 일어난다. 내 인생이 새롭게 열리고 하루가 시작되는 것
이다.

　우선 남편 출근 준비를 점검해놓고 하루도 빠짐없이 공복
에 마시는 영지차 한잔과 신문을 들고 화장실로 올라간 남
편에게 건네준다. 다시 부엌으로 내려와서 신선한 과일 쥬스
를 만든다.

　어떤 면에서 완벽주의자인 남편과 나는, 완벽한 남편이요
아내요 또 부모이고자 하였다. 결혼하고서 지금까지 나는 내
가 생각하는 주부의 역할에 한 치의 소홀함 없이 충실하였

다 자부한다. 구김살이 있는 셔츠를 입고 출근하는 남편의
모습은 나에게 상상조차 할 수 없는 일일 정도로.

남편을 배웅하고 돌아선 현관에서 들이마시는 상쾌한 아
침 공기는 하루를 시작하는 나에게 활력소가 되어 준다. 밤
새 누웠던 침대 커버를 정리하면서 가끔 같은 상념에 사로
잡힌다.

남편의 시간 속에 나는 얼마만큼이나 자리잡고 있는 것일
까. 또 하루가 다르게 지나는 시간 속에 내 크기는 얼마만
큼이나 될까.

집안 구석구석 먼지를 털어 내고 목욕탕 거울까지 반짝거
리게 빛을 내면서 부정적인 상념들이 먼지와 함께 말끔히
씻겨 나가기를 바란다.

한참을 집안 구석구석을 치우고 닦고 정리하느라 시간을
보낸다. 말끔해진 집안을 바라보며 일을 끝냈다는 만족감에
안도의 숨을 쉬면서 꽃집으로 출발한다.

오늘 손님이 많이 올까, 꽃은 많이 팔릴까 나름대로 예감
을 하면서 가게문을 연다.

가게에서 나는 꽃도 만들고 책도 읽고 글도 쓰고 친구에
게서 전화가 걸려 오면 수다를 떨기도 한다. 이렇듯 시간적
여유가 없으니 삶에 대한 회의는 할 틈도 없이 어느덧 하루
가 훌쩍 가는 것이다.

그동안 나에게는 남편과 아들에 대한 기대치가 내 삶의

전부였다. 나는 그 시간을 무척 사랑했다.

우리 부부는 어느 모로 보아도 성공한 부부라 자부한다. 친정아버지는 우리 두 사람의 결혼의 큰 지지자였다. 남편은 성실하고 듬직한 남자였기에 신랑감으로 선택하는 것은 어렵지 않은 결정이었다.

결혼하면서부터 나는 모든 정열을 남편과 아들에 대한 기대치에 쏟았다. 사람이 한 평생 살아가는 데에 무슨 거창한 사명이나 주의보다는 자식 잘 가르치며 건강하고 행복하게 사는 것이 가장 값진 삶이라고 여기며 살아왔다.

그러나 삶에 대한 기대치에는 끝이 없는 것 같다. 이제는 남편의 사업도 상승 가도를 달리고 아들녀석도 성공의 길에 들어섰다. 그런데 문득 가슴을 스치며 지나가는 여운을 어찌지 못하고 내 나이가 무거워지는 것을 느끼면서 때론 밤잠을 설치는 것이다.

그 동안 나는 무엇을 하며 살아왔나? 남편과 아들이 열심히 뛰는 동안 나는 무엇을 했을까? 그러나 내가 남편과 아들에게 정열을 다 바쳤다고 여겼건만 되돌아보니 밥 짓는 만큼의 정성도 기울이지 못했음을 깨달았다. 잠시 허무감에 휩싸여 지나온 나 자신을 돌아보니 만족하지 못한 시간들만 쌓여 가고 중년의 사추기를 힘들게 받아들이는 것 같아서 눈시울이 붉어지는 것이었다.

그러다가 이래서는 안 되겠다 마음을 다잡았다. 학창시절의 취미였던 문학 세계로 돌아가고 싶어졌고 그래서 글을 쓰기로 마음을 굳혔다. 하지만 문학은 접어두었던 세월만큼 감성도 무뎌져서 나의 글쓰기란 생활의 화풀이 정도에 지나지 않는 것 같았다.

공모전에 몇 번 출품했지만 탈락되는 건 당연한 일이었다. 물론 상 하나로 모든 것이 평가되는 건 아니지만 글쓰는 데는 시간과 노력과 재능이 필요한 것이다. 노력 없이 어떻게 열매를 기대할 수 있겠는가. 더구나 글이란 결코 무엇의 수단이 될 수 없는 것이다.

어떻게든 나를 자극하고 싶었는데 마음먹은 대로 잘 되지 않는 것이었다. 혼자 있는 시간이 주어질 때마다 자신의 모습에서 정신적으로 고통스러움도 느낀다. 그렇다고 골프를 즐긴다든가 다른 유혹에 정신을 빼앗기는 일도 하지 못한다. 오직 글을 쓰면서 마음을 다스릴 뿐이었다.

글을 쓴다는 것은 고통을 수반하는 것이어서 때로는 뜻대로 써지지 않아 좌절하기도 한다. 그래도 애써 뭔가 해보겠다는 나의 의지가 가상하여 몸은 지치지만 어느 때보다도 더 활기차게 산다.

창문 사이로 신선한 밤 공기가 나를 자극한다. 상큼한 밤 바람은 때로 내게 글을 쓸 수 있는 에너지원이 되어 준다. 밤늦도록 쓰는 글이 건강을 해칠지는 모르나 목적 있는 일을 한다는 것은 사추기를 슬기롭게 넘길 수 있을 것 같고,

그 동안의 삶이 보상받는 기분이 드는 것이다.

내가 결혼을 할 때만 해도 결혼은 여자의 종착역쯤으로 알았다. 그러나 요즘은 가치관이 바뀐 것같다. "여자 인생에 결혼이 목표는 아니다"라는 말이 젊은 여자들의 결혼가치관인 것 같다.

나는 결혼이라는 울타리에 내 모든 꿈을 담고 살았다. 무엇이든 가슴속에 담아 두지 않는 외향적인 성격 탓으로 남편에 대해서도 아들에 대해서도 줄 수 있는 모든 것을 다 주었다.

나는 사교성이 있어 친구가 많았다. 어느덧 세월이 아득히 흘러 그들은 기억의 저쪽에 머물어 있다. 가끔 답답한 심경을 토로하면 남편에게는 바가지이고 아들에겐 잔소리밖에 되지 않는다. 그들에게 아내의 존재, 엄마의 존재가 잊혀진 듯 하여 더 공허한 것이다. 그래도 핀잔주는 남편, 눈치 보는 아들, 모두 내 삶의 한 몫을 담당해 주고 있으니 내게는 소중한 사람들이다.

중년의 사추기를 맞으면서 무턱대고 나의 존재는 무엇인가 하는 푸념보다는 목표를 가지고 의미 있는 삶을 만들며 살아가면 건강한 인생을 살 수 있을 것 같다.

사추기를 맞은 여인들은 남편과 자식을 위해 살아온 삶을 이제라도 보상받으려는 심리가 여러 방향으로 표현되기도 한다. 그래서 불륜을 저지르고, 도박을 하고 심지어 이혼을 한다. 이것은 어떤 의미에서는 순간적인 해결책이 될지는 모르나 근본적인 원인이 치료되지도 못하고 오히려 사회적인 지탄까지 받게 된다.

나도 이제 사추기에 들어선 듯하다.

나에게 할 일이 있다는 것이 감사하다. 또한 정이 담긴 따뜻한 대화를 나눌 수 있는 사람이 그리울 때 글을 쓸 수 있으니 감사하다. 내가 살아 숨쉬는 증거로 열심히 글을 쓸 것이다. 밤마다 일기장에 남은 삶을 설계하면서.

침묵

"칠팔월 건들마는 시원 신선도 하고, 동지섣달 설한풍은…" 친정어머니가 흥얼거리시던 속요처럼 건들마 선들거리는 초가을이다.

아침부터 참매미가 떠나가는 늦여름을 못내 아쉬운 듯 울고 있다. 밤에는 호두나무 후미진 곳에서 귀뚜라미가 "귀뚤 귀뚤" 가을을 재촉한다. 여름과 가을이 공존하는 이즈음은 매미와 귀뚜라미가 같은 하늘 아래서 이슬을 머금고 사는게 신기하다.

지금이라도 가는 여름이 아쉬워 휴가를 떠나는 사람들로 분주하기만 한데 나는 좋아하는 여행 한번 제대로 떠나지 못하고 늘 말로만 다녀온다.

여름이 왔는지, 가고 있는지, 정신없이 계절을 맞이하고 보내는, 어떤 시간적 공간적 개념이라기보다는 오히려 더불어 사는데 뜻이 있지 않을까 싶다. 오면 맞이하고 때가 되면 보내야 하는 그 어떤 것보다 항상 그 계절 그 시간 속에서 그와 더불어 하나가 되어야 할 것이다.

우리는 모두 꿈속에서 여름이 가고 가을이 온다고 하지만 꿈속에서도 무엇인가를 추구하려고 하는 진지한 태도를 갖는 것이 중요한 일일 게다.

귀뚜라미 울음소리에 나는 '그래, 올 가을은 말좀 줄이면서 살아야겠다'는 생각을 한다.

사람은 누구나 두 개의 눈과 두 개의 귀와 두 개의 콧구멍과 한 개의 입을 가지고 있다. 그러나 하나밖에 없는 입은 다른 것에 비해 세 가지 기능을 갖고 있으니 참으로 복잡하고도 미묘하다.

입은 먹고 마시는 것과 말하는 것과 침묵하는 기능을 가지고 있다. 입은 받아들이는 것보다 내어놓는 것이 더 추할 때가 있다. 아름다운 언어, 아름다운 마음씨를 내어놓기도 하지만 말이다.

우리는 숱한 환경과 접촉하고 그로부터 많은 것을 받아들여 인지하고 느끼고 표현하며 살아간다. 표현은 대부분 언어에 의존하는데, 언어는 항상 무절제하게 한다는 생각이 든다.

'침묵'의 본뜻을 나는, 아예 입을 다물고 소리내지 않는다는 것이라기보다는 나와 남을 이익되게 할 말만을 하고 불필요한 언어를 삼가하는 것이라 하고 싶다.

"말속에 가시가 있고 농담 속에 뼈가 있다"는 평범한 말의 깊이를 생각해 볼일이다. 불필요한 언어를 쓰지 않는 것이 침묵하는 길이다. 살아가면서 지나치게 자기만을 내세우고 남을 깎아 내리는 표현을 쓰고 있지는 않은지, 혹은 상대방 어느 누구에게라도 마음을 상하게 하는 말을 쉽게 내뱉고 있는 건 아닌지, 한번쯤 침묵의 의미를 깊이 생각해 볼 필요가 있다.

서로가 서로를 존중하면서 살아가는 것이 얼마나 아름다운 일인가!

귀뚜라미 소리가 들려오는 가을 밤, 아직도 못 다한 인생 공부를 다시 하면서 말부터 앞세우지 말고 침묵하면서 살아가는 연습을 해야겠다.

3
남편의 시간

눈 내리는 날의 斷想

　뜰에는 봄볕이 완연한데도 아직 잔설이 그대로 남아 있다. 겨울은 머지않아 떠날 듯 싶은데, 나도 세월이라는 곳을 끝없이 여행하고 있는 것 같다.

　그런데 가도 가도 오아시스는 보이지 않고, 사막의 모래 언덕만 끝없이 펼쳐지는 것 같다. 그곳이 귀착지라 해도 나는 삶의 여행을 계속하지 않으면 안 된다. 무심히 지나가는 세월 속에 인사 없이 떠나야겠다. 떠난다는 사실조차 모르게 살짝 가야겠다.

　요즘 부쩍 쓸쓸한 마음이 드는 것을 보면 분명 나도 중년의 내리막길에 서 있음이리라. 삶을 주옥같은 명구에 따라 살 수도 없는 노릇, 우리의 삶은 추상적이거나 관념적이 아니고 너무나 구체성을 띠고 다가온다.

그러니 어찌하겠는가. 일상의 잡다하고 번잡한 일들이 우리 삶의 요소이고 본질이라면 굳이 그것들을 피할 것이 아니라 그냥 사랑하며 살 수밖에.

가슴 뛰도록 벅찬 일로만 꽉 채워진 일상을 살아가는 그런 삶을 사는 사람도 있을까. 하루의 마침표 뒤에는 해결하지 못한 작은 고민들이 숨쉬고 있을 테고, 그래서 다음날 또 다른 작은 고민과 갈등들이 합쳐져서 나를 기다리고 있는 것이다.

일상사가 갑자가 시들하고 보잘것없이 느껴질 때, 어디서 오는지 근원도 모를 불안감으로 우울할 때 나는 눈이 많이 오는 변덕스런 시카고 날씨를 생각하면서 눈이라도 펑펑 쏟아지기를 기다린다. 나를 꼭꼭 얽어매고 있는 삶이라는 틀을 벗어나고 싶을 때 눈이 오기를 기다리는 것이다.

눈이 펑펑 쏟아지는 창밖을 내다보면 마음의 문은 열리고 내게 어떤 잘못을 했던 사람이라도 용서하고 싶은 마음이 든다.

그렇게 한나절을 하얀 눈으로 세상 모든 사물이 덮여지는 풍경을 바라보고 나면 마음은 어느덧 새털처럼 가벼워지고, 문득 공중에 뜨는 느낌이 드는 것이다. 마음 아픈 일들을 저 세상이 흰 눈으로 묻히는 것들과 함께 묻어버리고 나면 내게는 백지 같은 시간들이 보인다. 마치 눈 그친 들녘이 그냥 백이듯이……

모든 것을 털고 묻었음으로 얻는 평화와 안정, 이제는 소유하지 않고 연연해하지 않고, 세상과 내가 모두 평화로운 것이다. 내 마음의 산책이 가져다주는 수확인 것이다.

우리네 삶이 수필집 한 권에 담겨진 이야기 같은 것인지도 모른다는 생각을 한다. 작은 일상사 하나 하나가 작은 제목 같은 삶이고, 작은 제목들이 모여 책 한 권이 엮어진 것처럼 우리 작은 일상사가 모여 내 인생의 틀을 이루는 것이리라.

책에 박혀 있는 단어 하나 하나에 매달려 의미를 새기듯 내가 일상사에 묻혀 머리를 썩히는 것도 이와 같은 것일까. 그런 것들이 쌓이고 모여 긴 시간의 행렬이 이루어지고 그런 것이 바로 우리의 삶일까.

만날 때는 이별할 때를 생각하여 좋은 이미지를 남겨야 하고, 자신이 편안할 때는 고통받았던 때를 생각해야 하고, 가장 훌륭한 삶을 산 사람은 살아있을 때보다도 죽었을 때 이름이 더 빛나는 사람일 것이다.

나야말로 가슴 짜릿하도록 극적인 감동만을 받으며 살아온 것도 아니지만, 누가 나에게 행복을 보장해 줄 수 있을 것인가. 내 자신이 상대방에게 한치의 여유나 아량을 베풀지 않는다면 어느 누구도 나에게 행복을 보장해 주지 않는 게 세상의 이치인 것이다.

자기 스스로가 갈고 닦지 않은 삶이라면 남이 대신 갈고 닦아줄 리 없다. 내가 남에게 베풀지 않는 삶인데 어느 날 갑자기 받는 일도 없는 게 또한 세상 이치이다. 내 자신의 삶을 성실하게 살아내는 방법밖에는 없는 것이다.

남편의 시간

　시간이란 없다고 소리지르면 점점 더 없어지고, 있다고 말하면 한없이 넉넉하게 고여온다.

　우리 앞에 놓여 있는 그 시간을 얼마나 소중히 열과 성의를 다해 사용하는가가 우리 손에 달려 있으니 인간은 얼마나 복된 존재인가! 매일 아침 새로 태어나 매일 밤 죽을 것처럼 살아도 덕을 끼친 것보다 해를 준 것이 더 큰 것 같아 자꾸만 내 삶의 방식을 되짚어 보곤 한다.

　시간이 나를 일깨워 주는 삶의 방식이란 정확하고 독특한 것인데도 나는 늘상 무시해 버리고 말았다. 그런데 언제부턴가 시간을 붙잡고 싶어졌을 때에서야 비로소 그 지나간 시간들이 아쉬워 안타까운 것이다.

내가 쓴 글이지만 마음이 정갈했을 때 쓴 글은 스스로 언제 다시 읽어도 마음에 붙은 때가 벗겨지고 흔들림도 때로는 좌정됨을 느낀다. 자신에게만 그런 것도 고마운데 크게 공감하는 이들과 마주하면 가슴이 뭉클해진다. 무심코 지나쳐버린 시간이란 나를 사로잡고 원망할 때마다 아플 수밖에 없고 괴로울 수밖에 없었던 절규가 내겐 너무나 소중하다.

새롭게 주어지는 시간에 감사하며 아낌없이 이드로가 타협하는데 아끼지 않고 쓰리라. 언제나 지나간 시간은 아쉽고 그리워지는 것, 시간은 참으로 소중하다.

20대가 되면 나는 무엇을 하고 싶다(I would like to do it)는 심정을 표현하고, 30대엔 나는 무엇을 해야 한다(I shall do it)고 말하고, 40대에 와선 나는 무엇을 꼭 하지 않으면 안 된다(I must do it)라는 초조감이 나타난다고 한다.

여기에서 40대 이후는 아예 언급조차 하지 않았다. 우리 속담에 인생은 60부터라는 다소 위안을 주는 듯한 말이 있긴 하지만 내 경험에 따르면 인생은 생각할 수 있는 그 순간부터 시작되어 생각하는 힘이 다하는 그 순간까지라고 정하고 싶다.

그런데, 요즘 나의 생각과 생활 철학은 어딘지 모르게 흩어져 있고 또 현재와 장래를 구상한다기보다 과거를 더 되씹는 것 같아 속된 말로 이젠 한물 간 인생이 아닌가 싶어 그런 내가 한심하다. 그저 한 평범한 50대 초로의 여인으로 지나온 삶이 너무 초라해 보이기까지 하는 것이다.

내가 지난날을 돌이키는 것은 과거가 크고 달고 소중해서라기보다 불투명하게 여겨지는 미래 때문일 것이다. 내가 허우적대며 가고 있는 이 50대 중반에 시간이 부족하다는 것을 실질적으로 느끼기 때문이 아닌가 하고 스스로 그 이유를 붙여본다.

열심히 잘 산다고 하면서 오늘이 있기까지 그 많은 시간들을 남편을 위해 무엇을 도와주며 살아왔나? 하나밖에 없는 아들을 위해 무엇을 지켜보아 주었나? 자문해 보지만 기억할 만한 일이 아무 것도 떠오르지 않는다. 이 나이쯤 되면 고생하던 젊은 시절도, 자식 농사도 웬만큼 끝나고 쉴 만한 때라고들 하는데…….

요즘 들어서는 돌아가신 시어머님 생각이 자주 난다. 시어머님께서는 한국에 계실 때 새벽마다 산턱에 있는 선바위 절을 당신 혼자 걸어 올라가서 자식들을 위해 부처님께 불공을 드리셨다. 사월 초파일은 물론이고 생일날, 무슨 날들이 돌아오면 손주 몫까지 정성껏 일일이 때 맞춰서 등을 걸어 주셨다.

어머님은 평소 아픈 다리에도 불구하고 절을 오르내리시며 부처님께 불공을 지성으로 드리셨다. 자식들의 꿈이 꼭

실현되게 해 달라고, 또 멀리 미국에 가서 살고 있는 딸, 아들을 위해 그저 몸건강하게 행복한 가정을 이루어 하는 일이 두루 잘 되도록 열번 백번 부처님께 절을 올렸다.

어머님의 기원은 소박하고 평범하지만 지극한 모성애에서 우러난 정성이 가득 담긴 것이기에 얼마나 고귀한 것인지 모른다. 지금 우리 시댁 형제들과 그 후손들이 잘 사는 것은 모두 어머님의 불공 덕일 것이다. 그저 어머님이 고마울 따름이다.

우리가 살아가는 이 세상에는 많은 소중한 것 중 그 무엇보다도 소중한 것은 바로 '시간'이다.

시간은 시위를 떠난 화살과 같아서 한 번 지나가면 돌아오는 법이 없다. 시간은 모든 것을 변하게 하지만 우리는 그 시간을 붙잡을 수 없으며 시간 앞에서는 장사가 따로 없다. 지금이라고 말할 수 있는 순간은 단 한 번뿐 그 순간을 놓치면 다시는 그 시간을 돌이킬 수 없다.

우리가 '지금'이라고 말하는 순간 지금은 사라져 버린다. 바로 그것이 시간이다. 시간을 소중하게 여겨야 하는 까닭은 재산이나 명예나 이런 모든 것은 나중에라도 다시 얻을 길이 있지만 시간만큼은 그럴 수가 없기 때문이다.

시간을 화살에 비유한 것은 한 번 시위를 떠나면 다시 되돌아 올 수 없다는 그 일회성을 강조하기 위해서이긴 하지만 동시에 바로 그 화살만큼이나 빠르게 지나가고 만다는 사실을 말하는 것이리라. 그래서 시간은 쏜살같이 빠르다고 말하지 않던가.

자주 출장을 다니는 남편은 여행 도중에 길에다 뿌리게 되는 자투리 시간을 최대한 줄이기 위해 비행기와 비행기의 연결 시간에 신경을 쓰면서 새벽과 밤비행기를 이용한다. 돈도 절약하고 시간도 아끼자는 것이다.

남편은 시간을 함부로 쓰는 것은 돈을 함부로 쓰는 것보다 훨씬 나쁜 것으로 여긴다. 돈은 다시 벌 수 있지만 시간은 다시 벌 수 없으며 시간을 파는 가게는 더욱 없기 때문이라고 말한다. 정말로 시간은 단 한 번밖에 없다. 유감스럽게도 우리 부부에게는 건강의 비결이 따로 없다. 남편은 아직 자신이 젊다고 생각하고 있는 것 같다. 그래서인지 아직까지 건강에 특별히 신경을 쓰지 않는다.

주위에서는 남편이 사업을 하니까 으레 골프를 잘 칠 거라고 생각한다. 그러나 남편은 골프가 큰 운동이 된다고 생각하지 않는다. 오히려 회사 일에 열중하는 게 더 즐겁고 재미있다고 말한다. 남편에게 나는 헬스클럽 같은 데 가서 운동을 하라고 권하지만 남편은 따로 시간과 돈을 내어 건강 관리를 하는 그런 사람들을 이해하지 못하겠다며 일하는 것을 첫 번째로 손꼽는다.

옛말에도 밥보다 더 효험이 좋은 보약이 없다고 했듯이 주어진 삶을 열심히 사는 것이 헬스클럽에 다니는 것보다 더 낫다는 말을 남편은 자주 한다.

남편은 누구보다도 바쁘게 사는 사람이다. 일감을 앞에 놓고 오히려 즐거워하는 사람이다. 오래 전 사업을 시작하고 나서 아직까지 휴일을 제대로 가져 본 적이 없을 정도로 일을 한다.

남편은 한가지 일에 흠뻑 빠지지 않고 성공한 사람을 아직까지 한 사람도 알지 못하며 한 가지 일에 미칠 정도로 몰두하고서 실패한 사람을 한번도 보지 못했다고 한다. 다시 말하면 한가지 일에 미칠 정도로 몰두하지 않고 성공하기란 하늘의 별을 따는 것만큼이나 어려우며, 한가지 일에 미칠 정도로 몰두하고서 실패하기란 그 만큼 어려운 법이라고 설명한다.

남편은 해외에서나 출장지에서 만만치 않은 인물들과 협상 테이블에 앉아 팽팽한 줄다리기 끝에 큰 오더를 받았을 때 느끼는 성취감과 그 기분은 작은 구멍 찾는 골프 재미에 비할 바가 못된다고 한다.

남편은 해외에서 손님이 오시면 으레 저녁식사를 밖에서 하고 들어온다. 그런데도 집에 와서 꼭 간단한 국수라도 끓이라고 한다. 이유를 모르는 나는 두 번씩이나 저녁을 먹느냐며 투덜댔곤 했다.

남편은 나폴레옹이 저녁식사를 12분 이상 끌지 않았으며 점심은 8분을 넘기지 않았다면서 할 일이 많은 사람에게는 식사시간조차 아깝다고 했다. 그래서 단 몇 분이라도 시간을 절약하고 더 많은 대화를 나누기 위해 간단한 음식으로 주문을 하며 남은 시간은 일을 하는 데에 활용한단다.

이것이 바로 남편이 성공한 이유 중 하나인 것 같다. 한 번 지나가면 다시 돌아오지 않는 황금 같은 시간을 최대한 아껴 쓰겠다는 정신으로 오늘의 사업을 일군 것이다.

세상에는 아직도 가보지 않은 길이 많이 있으며, 아무도 해내지 못한 일 또한 많을 것이다.

남편의 시간 활용법을 익혀야겠다. 얼마나 남아 있는지 모를 시간이지만 쪼개고 쪼개 쓰면서 치열하게 살 일이다.

결혼하세요

생명이 있는 것은 모두 사랑을 원한다. 가을은 결실의 계절, 자연의 섭리 앞에서 나는 모든 미혼 여성들에게 결혼을 하라고 말하고 싶다.

내게 이 무슨 심술일까, 내가 후회하는 결혼을 남에게 권하다니……. 그러나 심술이 아닌 진정이다.

결혼은 며칠을 함께 지내고 그만두는 짧은 여행이 아니다. 결혼은 평생이라는 긴긴 세월을 좋거나, 싫거나, 짜증이 나거나, 함께 묶어서 살아가야 하는 생활의 끝없는 지속이다. 우리는 어떻게 살아도 후회는 하기 마련이고 아무리 나이 들어도 결혼이란 단념되는 것이 아니다. 결혼이야말로 조금은 어리석은 일인 듯도 하지만 생각을 단순화시켜 주기도 한다.

결혼하여 아내 노릇, 엄마노릇, 주부 노릇, 하다보면 정신 없이 멍청해질 때가 있고, 그러다 보면 생각도 아주 단순해 져서 후회할 틈도 많지 않아 절로 나이만 들어 버리고, 더 러는 어쩌지도 못하는 데까지 와 버린다.

때론 후회도 하고 그럭저럭 깊고도 넓게 사는 방법이 어 리석기도 하지만 단순해질 수밖에 없는 것이니, 행복이란 기 실 생각의 차이일 뿐, 어리석은 듯 조금은 단순한 듯 산다 면 행복해질 수도 있고 마음에 평화를 가져올 수도 있다.

결혼하여 조금 어리석은 듯, 조금 단순한 듯 사는 일이 그리 쉬운 일이 아니다. 그런 경지를 얻으려면 실은 꾸준한 인내와 보다 높은 교양과 존재 의지가 절실히 필요하다.

아무리 결혼 생활이 재미도 없고 의미도 없다며 자신이 사는 게 한심하다는 푸념은 분명 사치스런 감상일 테고 괜 스런 투정이다. 더러는 애교일 뿐이라고 말하는 친구의 일관 된 결론을 나는 믿는다.

이런 이유들로 미혼 여성들에게 결혼을 권하고 싶은 것이 다.

결혼은 생면부지의 남녀가 서로 엮어가는 삶이므로 크든 작든 갈등과 마찰은 있는 것이다. 완벽한 결혼이란 있을 수 없다.

누구도 후회가 될 결혼을 하고 싶어하지는 않는다. 그러나 일말의 후회도 생기지 않을 결혼이란 사실상 기대할 수 없는 것이다.

이따금 지면이나 친지를 통해서 듣고 보는 신결혼 풍속도가 나를 아연하게 한다. 결혼하는 데 조건이 오고 가고 마담 뚜라는 직업까지 생겼다는 부유층의 결혼 이야기며, 열쇠가 몇 개가 오고가고 지참금이 적다는 이유로 신부가 시댁에서 쫓겨났다는 추한 얘기가 들리고 있는 고국 소식에 안타깝다.

그래도 나는 이 좋은 계절 이 가을에 미혼여성들에게 결혼을 하라 권하고 싶고 완벽한 결혼이란 없다고 말해 주고 싶다.

친구와의 재회

　며칠 밤을 뒤척이며 밤잠을 설쳤다. 후텁지근한 날씨의 촉감도 잊은 채 공항으로 달려가는 나의 모습, 음성으로만 듣고 상상했던 친구들이 나와 있었다.

　'이럴 수가……'

　잠시 나는 말문이 막혔다. 이십 년이란 세월이 흘러간 지금 친구의 옛 모습은 간데 없고 서로의 곱던 눈매의 자취도 찾아볼 수 없었다..

　'이렇게 변할 수가 있다니…' 나는 입 속으로 중얼거리며 멍해지는 머리를 갸우뚱거리며 공항을 빠져 나왔다.

　친구란 두 글자는 조금도 변함이 없는데 우리는 이렇게

변하고 말았는가. 야속한 세월의 흐름, 서글퍼지는 마음이 뒤범벅이 되어 뭉클하다.

무척이나 보고 싶었던 얼굴들, 먼 여행길 피로도 잊은 채 쌓였던 이야기로 한밤을 지새웠다.

시카고의 아침 햇살이 유난히 빛나고 우리들의 마음을 한껏 기쁘게 해준다.

우리는 어릴 적 소꿉놀이 친구이다. 오랜 세월 다정했던 영원한 친구들인 것이다. 또렷이 머리 속에 떠오르는 이름들, 지나간 옛 일들이 하나 둘씩 생각난다.

국민학교 시절, 교문 밖에서 붕어빵 아저씨 웃겨가며 서로 먼저 사 먹던 일, 선생님 숙제도 잊어버리고 소꿉놀이에 정신없었다. 붉은 벽돌을 찧어 고춧가루 장사놀이 하던 일… 등 모두가 우습고 재미있고 마냥 즐거웠던 옛 추억들이다. 우리는 옛이야기를 하며 동심으로 돌아간다.

어느덧 친구들의 얼굴에는 잔주름이 생겼고 머리에도 허옇게 서리가 내려앉았다. 말없이 흐른 세월이 서로를 슬프게 하고 마음을 아프게 적시어 온다.

그 동안 서로가 얼마나 다른 길을 걸어 왔는지 알 수는 없는 일이지만 한 친구에게서 풍기는 느낌은 나를 숨막히게 했다.

이민 온 지도 스무 해, 나는 어렵고 힘든 생활이었지만 큰 욕심을 부리지 않고 살아왔다.

그러나 내 눈에도 보이는 친구의 마음에 낀 욕심의 때를 조금이라도 벗겨주고 싶어졌다. 언제나 숙제로 여기고 인생 행로를 다져가며 살아온 나는 돈보다 더 소중한 것은 깨우칠 수 있는 산 교육이었다고 그녀에게 말해 주고 싶었다.

그릇된 부모의 사고방식 때문에 삐뚤게 자란 소나무를 결코 바르게 잡을 수 없듯이 부모는 자식에게 올바른 거울이 되어 주어야 한다. 우리 옛 속담에 "부모가 온효자가 되어야 자식이 반효자"라는 말이 있다. 자식은 부모가 하는 것을 보고 따라 하게 된다는 뜻이다.

인생을 보다 값지고, 풍요롭게 살아갈 수 있는 자식을 만들기 위해서는 이 속담에 들어 있는 뜻과 같이, 부모가 최선을 다하여, 바른 충고와 사람을 올바로 가르치는 스승이 되어 주어야 할 것이다.

친구야, 너와 나는 서로가 다른 인생의 길을 걸어가고 있지만, 자식을 위해서 무엇을 해야 하며 왜 살아가는가를 가슴 깊이 새기며 욕심을 덜어내 보자.

부질없는 욕망과 욕심으로 괴로워하는 친구의 안타까운 모습에 가슴이 아파온다. 그런 그녀를 바라보며 나는 얼마나 남아 있는 인생인지는 잘 알 수 없지만 평생에 후회로 남을 일을 만들고 싶지 않으며 여자로서, 어머니로서, 아내로서의 직업을 고맙게 생각하며 일생을 행복하게 다져 가면서 살아가리라.

친구가 욕심을 덜어내고 마음 가볍게 삶을 살아가기를 마음 깊이 빌어본다.

다시 헤어져야 하는 섭섭한 마음에 오늘밤은 깊은 잠을 이룰 수가 없을 것 같다.

책 속의 길을 따라서

　"학문을 좋아하는 사람과 함께 가면 마치 안개 속을 가는 것과 같아서 비록 옷은 적시지 않더라도 때때로 배어들게 되고, 무식한 사람과 함께 가면 마치 뒷간에 앉은 것과 같아서 비록 옷은 더럽히지 않더라도 때때로 그 냄새는 나게 된다."는 말이 있다.

　하루를 살아가는 일이 소중하지만 살아가는 길에 놓여진 문제들을 해결하느라 인간이 지니고 살아야 하는 인성의 품격에 대해서는 잊어버리고 사는 경우가 허다하다.

　우리에게 주어진 운명의 사슬은 얄궂어서 공동적 삶의 인식마저 생각하지 못하고 산다. 서로가 말을 주고받고 체계화

되지 않은 체험에 매달려 살다 보면 때로 시행착오도 생길 수 있다.

책은 인쇄되어진 문헌이기 때문에 명확하고 정직할 수밖에 없다. 또한 책을 통한 지식의 습득은 체계적이며 정확한 확신의 틀을 갖추고 있어서 우리 인생의 길에서 무엇을 느끼고 무엇을 생각하느냐는 인간 스스로 결정해야 하는 것이지만 이를 결정하기 위해서는 가치 있는 세계가 무엇이며 의미하는 삶이 무엇인가를 판별할 수 있는 길을 열어 준다.

독서는 마음의 양식일 뿐만 아니라 살아가는 길에서 정확히 판별하게 하는 힘을 지닐 수 있게 하는 방법이 되어 준다.

그러나 책 속에 들어 있는 길이 무엇인가를 정확히 아는 이는 드물다. 그것은 책이 왜 필요한 것인지를 명확하게 알지 못하기 때문이다. 책을 읽는다는 것은 책에 대한 읽는 이의 필요에 따라 그 의미가 달라질 수 있는 것을 보여주기도 한다.

한가한 오후에 책상에 놓여진 책을 우연히 집어들고 읽다가 문득 삶의 지혜를 깨닫게 되었다. 바로 그것은 삶의 지혜에 갈증을 느끼고 있는 나에게 책에 담겨진 내용이 쉽게 이해되었기 때문이라고 말할 수 있다.

책을 집어들기 전에는 자신의 삶에 있어서 필요한 영양분이 무엇인가를 분명하게 찾아내는 작업이 부족했던 것이다.

내 자신의 결핍의 요소가 무엇인지를 정확히 알아야 하며, 꽉 막혀진 사람과 사람 사이에 통로를 마련하여 같이 사는 것이 어떤 의미가 있는지 공생적 삶으로 책은 그 통로를 여는 계기가 되어 준다.

얼마 전에 캘리포니아에 다녀왔다. 떠나기 전에 나는 학교 동창이 살고 있는 토렌스도 가보고 싶고, 조카가 살고 있는 오렌지카운티라는 곳에도 가보고 싶어서 자동차도 빌리고 지도도 하나 샀다. 그것은 지도를 미리 읽어서 도로판에 쓰여진 번호를 운전하는 남편에게 길을 가르쳐 주고 싶었다.

그런데 나는 머리가 둔한 탓인지 영 헷갈리는 분위기 속에서 얼른 깨우치지 못했다. 이 짧은 체험에서 나침반의 역할처럼 책은 곧 삶의 지표를 알려 주는 길잡이 역할을 한다는 것을 다시 한번 깨달았다. 또한 책은 자아의 세계를 바르게 볼 수 있는 다양한 시각을 제시해 준다는 것도 잘 알게 되었다.

얼마 전까지 꽃집을 운영하면서 나 스스로 많은 것을 배웠다. 끝내는 좋은 결과를 얻지 못하고 장사를 그만 두었다.

장사를 시작하기 전에 경영 방식도 배우지 않고 눈으로 흔히 볼 수 있는 것만으로 겁없이 덤벼들었다. 바로 내 체험의 세계와 연결 고리 같은 것이 잘 이어지지 않았으며 기본 상식이 너무 없었던 것에 실패의 원인이 있었다.

책은 문자로 되어 있어서 누구나 그 책을 읽고 책의 내용에 대해 정당한 가치를 평가할 수 있으며 따라서 책을 읽는다는 것은 넓은 세계와 접촉을 가질 수 있는 기회인 동시에 그 내용을 통해 보편적 진실성에 대한 이해를 넓히는 계기도 될 수 있어서 책은 인간의 사고와 감성의 지평을 확대해 주는 도구가 된다.

여성들의 가정 생활에 있어서 요리법만 보아도 쉽게 알 수 있다. 가정 안에서의 요리란 대체로 주부의 체험에서 재생산될 뿐, 이는 새로운 정보의 부족도 문제지만 무엇을 어떻게 해야 하는가 하는 문제의식의 결여에서 생겨나는 것이다. 이러한 경우처럼 삶의 내용도 계속 채워놓지 않으면 낡은 테이프처럼 반복적인 체험의 재생산에 그칠 뿐이다. 그러나 책은 이러한 재생산을 막아 주는 지성과 감성의 깨우침을 주고 있다.

수필 한 줄에 담겨진 삶의 진실성이 생활을 바로 잡아가는 밧줄이 될 수도 있고 일상의 찌든 때를 씻어내는 역할을 할 수도 있다.

"단풍잎이 곱게 물들어 그림을 그리며 떨어진다"는 어느 시인의 시를 읽은 적이 있다. 어느 날 길을 지나가다가 도열해 서 있는 단풍나무들이 붉은 잎들을 떨구고 있는 것을 보며 이 시구가 생각났다. 붉은 단풍잎이 떨어지는 것을 보면서 가을의 음영을 맛볼 수 있었던 것은 어느 시인의 시집에서 얻은 귀중한 시구 하나 때문이었다.

이와같이 감성의 문을 두드리게 되는 것도 책에 담겨진 내용이 기억의 창고에 들어와 있는 데서 오는 것이다.

책은 인생의 보다 나은 삶을 담아 놓는 그릇이라고 생각한다. 때문에 지적 욕구에 대한 갈증과 삶의 방향을 바르게 찾으려는 의욕을 지닌 책과 마주하게 되면 보다 나은 삶의 나침반을 얻을 수 있다. 그러므로 책 속에 길이 있다는 것을 잊지 말고 책은 읽어야 하는 것만의 세계를 뛰어 넘어 읽음으로써 바라 볼 수 있는 세계도 지니고 있음을 잘 알아야 할 것이다.

글 만들기

어느 날 낙엽 지는 소리에 갑자기 텅 빈 내 마음을 보았다. 그
냥 덧없이 흘려버린 그런 세월을 느낀 거다……

유행가에 마음을 빼앗길 나이도 아닌데 그 노랫말은 오랫
동안 귓가에서 왱왱거린다. 어느새 나는 태엽을 감아주면 같
은 소리를 되풀이하는 인형처럼 똑같은 가사만 높낮이도 없
이 흥얼거리고 있는 나를 발견했다.

"…나안 바보처럼 살았군요. 나안 차암 바보처럼 살았군
요……"

아내로서, 엄마로서의 일 이외에 또 다른 모습의 나를 가
꾸려는 필사의 노력 없이는 도무지 삶의 의미가 없을 것 같

은 날들이 밀물처럼 내게 몰려들기 시작했다.

"이러다간 큰일 나겠네, 뭐든지 해보자."

그 한 방법으로 '글 만들기'를 선택한 것은 전혀 엉뚱한 발상만은 아니었다. 이래 뵈도 학창시절엔 자타가 공인하는 문학소녀가 아니었던가! 하는 일말의 자긍심도 있었던 것이다.

'그래, 글을 쓰는 거야! 글쓰기의 그 즐거운 추억으로 나 자신이 고무되고 격려 받아야 해.'

나는 단숨에 집 근처의 문방구로 달려가 원고지 뭉치를 사들고 돌아왔다. 그리고는 내친김에 어떤 이야기를 어떻게 써야 할지를 골몰하기에 이르렀다. 쇼핑을 나가서도, 친구를 만나서도 어디에 글감이 있는지 기웃거렸고, 밥을 지을 때도, 빨래를 할 때에도 내 머리 속은 항상 글쓸 거리를 장만하기에 노심초사했다.

세상을 그런 눈으로 바라보니 차고 문을 열고 밖으로 나서면 무심코 만나지는 수많은 사람의 행렬 속에서 때로는 슬프게, 때로는 기쁘게 연주되는 우리들의 살아가는 이야기들과, 계절이 바뀔 때마다 다른 빛깔과 냄새로 불어오는 바람과 햇살들의 속삭임, 그리고 한없이 사랑스러운 내 하나뿐인 아들에 대해서도……

아, 내 주위에는 한 자락의 글로나마 남겨지고 싶어 안달을 하는 수많은 사연들이 얼마나 산적해 있는지 숨이 막힐

지경이었다. 그러나 정작 문제는 그 소중한 느낌들을 원고지에 적나라하게 옮겨 적는 일이었다.

펜을 들면 바퀴벌레처럼 도망치는 그 생각의 단편들이 못내 나를 안타깝게 만들곤 했다. 그러면서 한 편의 글이 얼마나 지난한 몸부림을 거쳐야 겨우 글다운 글이 되는지를 깨닫기까지 내겐 참으로 오랜 시간이 걸렸다. 더구나 아침에 눈떠서 잠자리에 들 때까지 아무리 부지런히 움직여도 여전히 산적해 있는 일더미 속에서 속수무책 살아가는 나 같은 주부에게는……. 글을 쓰기 위해 나만의 고립된 시간을 낸다는 것 또한 그리 쉬운 일은 아니었다. 때로는 글쓴다는 핑계로 밤새 책상 앞에 앉아 원고지를 꿰뚫어 봐도 별 소득도 없어 텔레비전만 멍하니 보다가 패잔병처럼 물러선 적이 얼마였던가.

내가 바보처럼 살고 있는지 어쩐지를 생각할 겨를도 없이, 쓸데없이 바빠지는 일상에 밀려 원고지에 담고 싶었던 내 꿈들은 한 편도 제대로 탈고되지 못한 채 책꽂이 한 모퉁이에서 퇴색하고 있던 어느 날이었다. 우연히 잡지책 한 권을 펼쳤을 때 낯익은 얼굴 밑에 또렷이 박혀있는 여고 동창생의 이름을 보았다. 그녀가 쓴 짤막한 수필과 함께.

"어머, 애는 여고시절 나랑 같이 글을 쓰던 서클 친구인데……."

그날 밤 내가 얼마나 고통스러운 불면의 수렁에서 허우적

거리며 괴로워했는지를 누구에게 고백하겠는가. 그러나 그 불면의 고통 이후 새 날을 맞은 나는 꼭두새벽부터 일어나 그 동안 밀쳐 놓았던 원고뭉치를 다시 꺼내 놓고 한동안 잠잠했던 마음에 불을 지피며, '글 만들기'를 새롭게 시작하고야 말리라 굳게 결심했다.

"한동안 조용하더니 또 시작이군. 그래 어디 다시 한 번 잘 써봐. 이제는 정말 인내심을 갖고 글다운 글을 써 보라."

그런 나를 묵묵히 지켜보던 남편이 부추겨 주어 슬그머니 용기도 났다. 어쩌다 조용한 시간이 나면 평소에 잘 마시지도 않는 커피를 마시면서 원고지를 대하면 오히려 글이 잘 써지지 않아 다시 바보상자 앞에 우두커니 앉아 있곤 하는 날을 수없이 반복하기도 했다.

'나는 왜 살까?' 하는 우문 앞에서 위기의 여자로 전락하는 기분이 되기도 하면 '난 그러기 싫어.' '누가 그러래?' '아니, 넌 해낼 수 있어.' '매일 아프네, 피곤하네, 죽는 소리를 하면서 글은 무슨 글….'

나 혼자 자문자답을 한 것이 한두 번이 아니었다.

장대비가 한 줄 긋고 지나가 하늘이 유난히 파랗게 빛나는 토요일 오후였다. 무심코 넘긴 책장에서 '주부 백일장 공모'란 광고문을 보게 되었다.

'이제야 어쩔 수 없는 날이 왔구나.'

마음속에 일대 결심을 한 나는 산고를 겪는 심정으로 그간의 생활을 적나라하게 적어 응모를 한 후 혹시나 하는 마음으로 계속 기다리다 오랫동안 소식이 없자 까맣게 잊어버리고 말았는데, 느닷없이 남편에게서 전화가 걸려왔다.

"여보, 언젠가 당신이 글써서 보낸 것 있지? 입상이 됐어. 그것도 우수작으로 말이야."

너무 뜻밖의 소식에 기쁜 나머지 내 가슴은 설레이다 못해 마구잡이로 팔랑거렸다. 일찌감치 퇴근해 들어온 그이의 손에는 책 한 권이 들려져 있었다.

"당신 잘 썼어, 그만하면 잘 쓴 글이야."

오랜만에 등까지 두드려 주는 그의 격려를 얻어 천군만마를 얻은 듯 신이 났다. 그때부터 나는 틈만 나면 원고지와 씨름하며 조용히 입속으로 중얼거린다. '여보, 고마워요. 서툴디 서툰 내가 이런 글이라도 쓸 수 있게 당신이 도와줬으니……'

이제 내가 살아가는 동안 '글 만들기'는 영원히 나와 함께 계속되어질 기쁘고 고된 작업이 될 것이다. 그이가 펼쳐 보이는 책갈피 속에 곱게 박혀있는 내 이름 석자가 어느새 맺힌 내 눈물 속에 어른거리고 있는 한.

성격 차이

　세상을 살아가면서 태어남이 다르고 성격이 다른 사람들 끼리 부부로 만나서 살아간다는 것은 쉬운 일이 아니다.

　성격이 맞지 않아 부부싸움도 하고 헤어지기도 한다지만 이것은 사실과는 조금 거리가 있는 진단인 것 같다. 좀더 깊이 싸움의 원인을 캐보면 성격차이보다는 다른 곳에 문제 가 있다.

　성격 차이가 이혼의 사유는 될 수 없는 일이다. 부부란 성격상 같을 수도 없고 또 같아서도 안 되는 것이다. 이상 적인 부부는 부족한 부분을 서로 보완해 주는 관계이며, 부 부가 됨으로써 약점이 오히려 강점이 될 수 있는 것이다.

서로의 성격차이에서 오는 갈등은 대화로 조절하고 메워 나가는 과정이 부부 성숙에의 길이며 서로가 틀리다는 것은 상대로부터 항상 새로운 점을 발견할 수 있어 오히려 신선한 관계를 유지하는 자극제가 되어 주기도 하는 것이다.

　그런 것임에도 부부란 서로 같아야 한다는 강박증에 사로잡혀 있어서 성격뿐만 아니라 생각이나 느낌, 취미까지 같아야 이상적인 부부라고 믿는다.

　오랜만에 외식을 하러 나가서 말다툼만 하고 그냥 돌아오는 부부도 있다. 양식을 하고 싶다는 아내에게 곰탕파 남편이 맞선 것이다. 끝내는 아내의 울화가 터지고 "역시 당신은 나를 좋아하지 않는 거예요"라는 식으로 결론을 내린다. 아내의 울화에 어리둥절한 남편은 정말 미칠 지경이다. 아니 여기에 왜 애정까지 들먹이며 엄청스런 비약을 하는 건지 황당한 것이다. 음식을 고르는 사소한 의견 차이로 애정 결핍으로까지 몰고 가는 어리석음을 저지르는 것이다.

　특히 한국 부부들에게 이런 경향이 많은 것 같다. 회의에서도 나와 다른 의견을 누군가가 제기하면 이는 곧 나를 싫어하는 것으로 판단해 버리고 인신공격이니 도전이니 하는 말로 아예 생각을 바꾸어 버린다. 또한 나에게 적대감을 갖고 있는 것으로 비약하여 오해를 하게 되고 아주 원수가 되기도 한다.

　국회의원 선거를 치르다가 문중끼리 원수가 되는 사례도

있다. 다른 후보를 지지한다는 것을 감정적으로 처리해 버리기 때문이다.

이곳 서양 사람들은 이런 것에는 성숙된 의식을 갖고 있는 듯 하다. 옳고 그른 의견은 좋다 싫다의 감정과는 아무런 상관이 없는 일인데도 이 구별이 잘 안 되는 것이 바로 우리 나라 사람들의 약점이다.

우리는 그만큼 융화나 동화 의식이 철저해서 모두 같아야 한다는 획일주의가 팽배해 있는 듯하다. 남들도 모두 나처럼 생각하고 느끼고 있는 줄로 알고 있는 것이다. 틀리리라고는 상상도 못한다. 민주주의 종다수결 개념이 정착하기 힘든 것도 이런 연유 때문에 내 의견이 관철되지 않으면 아예 퇴장해 버리든지 아니면 분파되어 갈라져 나오는 것이다. 나와 틀리는 이질적 요소를 인정하거나 절대 수용하지 못하는 것이다.

이런 경향은 남편들에게 강해서 아내의 자아마저도 자기와 완전히 일치되어야 한다고 믿고 있다. 아내도 독립된 개체라는 의식이 희미하여 아내를 마치 자신의 연장인 것처럼 생각하는 것이다.

보통의 아내들은 결혼 초에는 남편에게 모든 것을 맞추려고 노력한다. 남편의 뜻이 아내의 생각과 맞지 않지만 따르고자 노력한다. 그러는 아내에게는 마음의 갈등과 만성적인 긴장으로 두통, 불면 등으로 이어진다. 중년의 길에 들어선 아내들의 모습인 것이다.

　부부지만 서로 틀리다는 사실을 인정하고 존중해 주어야
한다. 다만 공유할 수 있는 취미를 계발하여 서로의 인생을
즐기도록 도와주는 게 이상적인 부부상인 것이다.

　음악회에 함께 가고 싶지 않은 남편이지만 기꺼이 아내에
게 표를 끊어줄 수 있는 아량이 필요하다. 그러나 억지는
말자. 반드시 둘은 같아야 한다는 생각에서 벗어나야만 부부
관계는 피곤하지 않은 것이다.

한국, 어디로 가고 있나

내가 태어난 고향은 강원도 춘천이다. 춘천은 호반의 도시로 물 맑고 공기 좋은 고장이다.

오랜만에 고향을 방문하였는데 열흘간의 짧은 일정으로 공연히 마음만 분주해지는 것이었다. 복잡한 서울 거리를 한눈에 내려다보면서, 내 고향 춘천, 나의 어릴 적 기억들을 더듬어본다.

바람 부는 어느 가을밤, 포플러 가지가 흔들리는 소리를 들으면서 공지천 뚝가에 오를 때면 캄캄한 밤하늘에 유난히 빛나는 별이 떠 있었고, 그때 마구 뛰어 놀던 기억이 솟아난다.

가을밤 하늘에 별은 유난히 빛나는 우주의 보석 같았으며 쓸쓸하고 외로운 마음을 비추어 주면서도 그 속에 영원히 간직해야 하는 삶의 비밀을 감추고 있는 것처럼 느껴지기도 했다.

할머니께서는 추수가 끝나면 언제나 어린 내 손을 잡고 큰 광으로 들어가 올해에 농사한 모든 것을 보여 주셨고, 저 논에서는 쌀이 몇 섬, 놋점 밭에서는 콩이 몇 가마라고 어린 나에게 그 해 거두어들인 곡식의 수확을 일러주시던 기억이 난다.

"할머니 우리는 큰 부자예요. 그렇지요?"

그럴 때마다 나는 어울리지 않게 자랑스러운 듯 말을 내 뱉곤 했었다. 그것은 광에 가득한 곡식더미에서 풍요로움을 느꼈기 때문일 것이다.

많은 세월이 흘러간 지금, 할머니는 오래 전에 세상을 뜨셨으며 스무 해전 아버님마저 돌아가신 고향에는 어머니와 결혼한 몇몇 형제들이 살고 있다.

가득했던 광의 곡식더미에 대한 것은 내 기억에서 멀리 사라지고 나는 미국으로 떠나와 이렇게 살고 있으니, 지나간 옛 일들이 모두 그리움뿐이다.

나는 아침 일찍 아버님 묘소를 찾아 나섰다. 비오는 산길을 걸어 산소 앞 논밭에 이르렀으나 비탈길에 갈대가 키만큼 무성하게 자라 길을 찾을 수가 없었다. 몇 번씩 넘어지면서 나무 작대기로 갈대를 눕히며 겨우 길을 만들어 산소 앞에 이르렀다.

아버님께 절을 올리고 잔디에 엎드려 쏟아지는 눈물을 참지 못하고 엉엉 울었다. 무덤 앞에 엎드린 나는 그 동안 살아온 내력을 아버님께 아뢸 말이 아무것도 떠오르지 않았다.

축축하게 젖은 잔디의 물기가 바지 속의 무릎을 흥건히 적셔오고 갈대 잎에 스친 살갗은 벌겋게 부어 올랐으나 효도 한번 하지 못하고 살아온 내 자신이 부끄럽기만 했던 것이다.

다시 발길을 서울로 돌린 나는 고국에서의 짧은 일정이라 부지런히 친구들은 만나려고 부산을 떨었는데 서울 거리는 어찌나 차가 많고 교통이 혼잡한지 짜증이 나고 길에서 시간을 다 보내는 것이 아깝고 안타까웠다.

더군다나 급한 사람은 어디 숨통이나 트고 다닐 수 있겠나 싶을 정도였다. 오늘 저녁식사를 친지 한 분과 약속을 했기 때문에 아예 오후 시간은 꼼짝도 하지 않고 남겨 두어야 했다.

저녁을 들면서 이런 저런 얘기를 나누다가

"요즘 한국 현실은 점점 빈부의 차이가 심한 것 같네요."

내가 친지께 말을 건넸더니,

"당연히 빈부 차이가 있지요. 헌데 어떤 점을 어떻게 보셨는데 그런 말을 합니까?"

그분께서는 제게 반문을 하셨다. 그러나 나의 빈부에 관한 정의를 그분께 어떻게 설명해야 하는지 장황할 것 같아 얼버무리고 말았다.

내가 생각하는 빈부의 차이는 열심히 뛰고 일하여 돈을 버는 사람과 게을러서 돈을 벌지 못하는 사람의 차이를 말하는 것이 아니다. 불로소득으로 흥청대고 어깨에 힘이나 주고 괜스레 폼이나 재고 다니는 사람과 아무리 애를 써 봐도 절름발이 신세를 면치 못하고 사는 사람을 비교해서 한 말이었다.

오늘의 한국 생활 풍조는 어디로 가고 있는가. 한국 경제는 서로 뜯어먹는 경제라고 말도 있다. 아무래도 명쾌한 대답의 실마리를 찾을 수 없다는 게 안타깝기만 하다.

몇십만 원을 받는 공무원이 없는 게 없이 잘사는 까닭은 뇌물이 생긴 것이거나 아니면 뜯어먹은 돈이 있는 탓이겠고, 하루 저녁 술값으로 흔쾌히 백만여 원이나 쓸 수 있는 것도 공식적인 월급 이외에 뜯어먹은 것이 있기 때문이 아니겠는가.

문제는 정당한 것이 아니고, 으레 가욋돈이 필수적이라는 사실 때문이다. 관례치레, 정성치레, 왜 그리 따지는 것도 많은지….

한국 경제가 이토록 풍족한 탓일까? 뇌물풍토, 상납공세, 한번쯤 되짚어 볼 필요가 있다고 생각되지는 않는지…….

현실은 권세, 명예, 물욕 등으로 사회가 멍들고 있으며, 이대로 나가다가는 엄청난 살생의 천국이 아니 된다고 어느 누가 보장할 수 있으랴! 게다가 이리 재고 저리 재고 의혹 투성이 뿐인 일들만 수두룩하고, 어느 것 하나 반듯한 것이 없는 나라꼴을 진정으로 걱정하는 사람이 너무나 보기 드물다는 게 더 큰 걱정거리다.

"한국의 생활풍조는 어디로 가고 있는가?"

오늘의 현실은 사회가 미쳐가고, 미친 사람들 틈에서 멀쩡하던 사람도 미친 병을 앓게 되고 그러다가 시간이 조금 지나면 스스로 미쳐 버리지 않고는 배겨나질 못하기 때문에 알면서도 같이 병신이 될 수밖에 없다는 현실이 매우 한심스럽다.

정녕 한국 경제는 풀 수 없는 숙제와 의문 투성이로 남아야 하는 건지.

요즘 젊은이들을 보면 되게 싹수가 없다고 말한다. 윤리나 도덕관념이 형편없고, 어른을 제대로 알아보나, 잘못된 이기주의만 몸에 배어 거꾸로 가는 세상이 되었으니, 나라의 장래를 걱정하지 않을 수가 없다.

한국의 현실이 무섭게 느껴진 이유 중 하나는, 어른이나 아이들이나 똑같이 예의범절이 없으며, 가까운 내 형제 친구들, 그리고 사장, 사모님들께서도 웬 사설이 그리 길고, 제할 소리 스스럼없이 다하고, 한마디로 언어에도 병이 들었으니 어느 세월이라 어느 뉘라서 감히 입심 좋게 똑바른 소리를 제대로 할 수 있는 있겠는가.

이런 것을 보고 한심스럽다고 말하는가 보다. 더욱이 아연실색해지는 일은 현대 지식인들이란 일컫는 회장님, 사장님들의 말과 행동은 어떠한가? 기분대로 좋았다가, 기분대로 싫어지고, 제 멋대로 삼키고, 뱉고, 어제 한 말이 오늘 아침에 달라지고, 아침에 약속된 일이 저녁에 바뀌고, 사석이나 공석이나 물 마시기보다 쉽게 멋대로 하는 말이 통례가 되어 있는 것을 보니, 절충은 왜 필요하며 서로의 의견을 나눈다는 것은 또 무슨 소용이 있는 일인가!

더구나 상대방이 하는 말을 바로 들어야 하는 예의도 없을뿐더러, 내 생각 내 기분에 맞지 않으면 어떤 개념도, 윤리의 틀도 없이 멋대로 판단하여 결국 서로의 이해 관계를 원만히 할 수 없게 만들고 최후의 양심도 없는 파렴치한 분들…….

독재와 다를 게 무엇이란 말인가?

만약 여염집 사람들이 이런 식으로 말도 쉽게 하고 행동도 그리 하였다면 어떤 벌을 받았을까 생각하니 정신이 번쩍 드는 기분이다.

우리는 서로 믿고, 진실을 전제로 하는 참된 인간이 되어야 하며, 법리보다는 먼저 상식이 존중받는 세상을 만들어야 할 것이다. 한국의 시급한 문제는 하루속히 과소비 열풍이 사라지고 그래서 거꾸로 가는 세상이 똑바로 설 때 발전이 가능하다.

한국을 방문할 때마다 느끼는 일이었지만 이번 나의 한국 방문은 짧은 시간 동안 너무 많은 것을 보고 배웠으며, 내 좁은 가슴을 넉넉하게 여는 연습을 일깨워 주어 다행으로 생각한다.

그 동안 나의 외국 생활이 외롭기도 했었고, 늘 고국에 대한 그리움도 많았는데, 인간의 기본을 잃어버린 실망과 마음에 상처를 받고 보니, 착잡한 나의 심정을 표현할 수가 없다. 잘못된 현실에서 벗어나 앞으로는 서로 내 배 터지는 짓만이라도 삼가고, 나의 조국 대한민국 사람이 제대로 살 수 있는 땅, 사람답게 사는 땅이 되어 주기를 기대한다.

생각해 보니 조용하고 순박한 외국 생활이 무척 고맙게 느껴지며, 소박하게 사는 나의 생활에 감사한다.

말의 폭력

"입을 다물고 혀를 감추라. 입과 혀는 재앙과 근심의 문이다." "솜 같은 말이 있고, 가시 같은 말이 있다"는 속담이 있다.

우리가 무심코 내뱉는 말이 주변을 벌집 쑤시듯 파문을 일으키거나 왜곡과 오해를 불러일으키기도 한다. 이런 무책임한 말을 우리는 말의 폭력이라고 표현한다. 세상에는 남의 일에 흥미를 가지고 사는 사람이 수없이 많다. 이 세상에서 가장 재미있는 것은 남의 말인지 모른다. 텔레비전이나 영화, 소설책보다 훨씬 재미있는 게 남의 말이라고 한다.

조선팔도에서 태어난 사람 치고 소설책 열 권 분량의 애깃거리 없는 인생이 어디 있으랴마는, 누구나 뒤돌아보면 우여곡절이 수월찮지 싶다.

우리가 하는 말 가운데 상당한 부분이 남의 말인데, 그 가운데 대부분이 또 남의 험담이라는 사실이다. 남의 말이라면 취미 삼아 나서는 사람이 있는가 하면 남의 생활에 버릇처럼 시시콜콜 끼여드는 사람도 있다. 아예 쌍심지 켜고 나서는 사람도 있으니 이런 사람에게 걸려들면 삽시간에 망신살이 뻗치고 오물을 뒤집어쓰게 되고 금방 유명해지기 십상이다.

사람 사는 세상 어째서 남의 험담을 즐기게 되었는지 그 연유를 따져 묻자면 한이 없으리라. 어찌된 셈인지 남의 불행은 나의 행복이라는 화투판이 연상되어 안타깝다. 살다보면 때로는 미운 사람도 생기고 싫은 사람도 늘기 마련이지만 입에 험담을 달고 사는 사람은 악취 나는 쓰레기통과 다를 바 없다는 생각이 든다.

오래 전의 일인데 아직도 기억에 남아 있다. 잭슨이 대통령에 출마했을 때의 일이었다. 잭슨의 정적(政敵)들은 잭슨의 부인 러셀의 오래 전 과거를 들추어내어 잭슨의 진영을 몹시 괴롭혔다. 하물며 간통한 여자가 대통령의 부인이 될 수 없다고 떠들어대는 것이다.

러셀 부인은 39년 전의 일이었으며 남편의 명예를 손상시킬 만한 일은 아니었기 때문에 너무나 기가 막혔다. 반대편에서는 신문과 팜플렛 등을 동원해서 그녀를 모질게 몰아붙였고 견디다 못한 그녀가 투표가 끝난 그 다음날 심장마비를 일으켜 세상을 떠나고 말았다.

남의 이야기를 들춰내서 소문과 과장보도를 하여 한 사람을 죽음으로 몰고 간 예이다. 아무리 선거판에서는 이기고 볼 일이더라도 인신공격은 삼가야 할 일이다.

남을 돕는 일보다 남을 해치는 일이 그리 쉽고 하기 좋은 일인지 이해가 잘 안 된다.

사람을 흠집내기로 말처럼 쓰기 좋은 무기가 또 어디 있겠는가. 약간의 신빙성만 있으면 말 만드는 건 식은 죽 먹기로 꼬리에 꼬리를 물고 이동하기 때문에 발 없는 말이 천리를 가는 것도 시간 문제다.

무슨 말이든 정정당당하게 하지 못하고 항상 뒷전에서 말을 만드는 더러운 입들이 가까이 있으면 그거야말로 처치곤란이다. 인간이 사는 사회는 어디를 가나 말이 많기 마련이다. 그러나 감정의 충돌에서 뒷말이 생겨 나오고 이해 상충에서 쓸데없는 말이 생기는 것이다. 질시와 반목에서도 반드시 뒷말이 나온다. 그러다 보니 세상 인심이 더욱 사나워지는가 보다.

세상에서 가장 비겁한 무기가 말의 폭력이다. 타인의 명예를 더럽히고 남의 인격을 모독하고 결국에는 자신의 양심까지도 더럽힌다. 말이 얼마나 무서운 것인지 본성을 일깨워

물과 불의 생각을 다듬어 놓고 음지에서 떠도는 말을 우리
는 조심해야 한다.

　미운 사람, 싫은 사람일수록 그 사람의 장점도 발견하여
의도적으로라도 칭찬하는 마음으로 바꿀 수는 없을까. 살면
서 칭찬하는 일에 지나치게 인색했다는 숙제를 매일 조금씩
풀어 나가는 칭찬 연습을 하고 산다면 그에게 아름답게 사
는 법을 터득할 수 있으련만.

　하느님이 인간에게 준 숙제는 우리 인간들은 어차피 다
풀지 못할 것이고 남을 칭찬하는 말을 익힌다면 아름답게
사는 기회를 주실 것이라고 믿는다.

마지막 소망

사람은 많지만 사람답게 사는 사람은 드물다.

'빛 좋은 개살구' 보기에는 탐스럽지만 입에 넣고 씹으면 먹을 수 없는 것, 사람의 탈은 썼지만 조금도 사람답지 않은 사람이 많이 있다.

남을 잘 속이는 사람, 양심적이지 못한 사람, 윤리나 도덕은 비단보자기에 싸서 자기의 뒷전에 감추고 사는 사람, 남을 속여도 크게 속이는 사람……

사람은 정직해야 사람인 것이다. 그런 것은 그렇다고 하고, 아닌 것은 아니라고 말하는 용기가 바로 정직한 것이다.

인간을 인간답게 하는 또 다른 조건은 사랑이다. 그것을 인(仁)이라고 해도 좋고, 자비라고 해도 좋다. 사랑은 동정에서 시작되고 같이 느끼고 같이 우는 일이 사랑의 출발이다. 동정은 공명이다.

나는 나이 오십이 넘어서 이제 겨우 삶의 주제를 내 나름대로 파악해 본다. 나와는 달리 생각하는 사람도 있을 것이다. 그러나 내게 있어서 인생의 주제는 진실과 사랑이며 정직과 희생이다.

"사실은 사실대로, 그런 것은 그렇다 하고, 아닌 것은 아니라고 하라"는 짧은 몇 마디로 요약될 수 있는 것이 정직이고 진실이다.

이제 나는 인생을 어렵게 살려고 하지 않겠다. 삶을 그리 복잡한 것으로 여기지도 않으리라. 나는 정직하게 살기를 바랐지만 그렇게 살지 못하는 것 같다.

그렇다고 정직하지 못한 사람들 때문에 내 인생의 주제가 다른 것으로 바뀔 수는 없다. 죽는 날까지 내 인생의 주제를 향해 추구하겠지만 미치지 못할 것이 뻔하다. 도달하지 못하면 어떤가.

인생이란 정직하기를 힘써 보는 하나의 과정에 지나지 않는다. 정직하게만 살 수 있다면 언제 가도 유감이 없겠다. 아니, 정직하게만 살 수 있다면 영영 죽지 않아도 견딜만하겠다.

부모님이 지어 주신 내 이름 석자, 바른 말과 똑바른 소리를 내며 살라는 이름 바를 '정'에 소리 '음' 정음, 그 이름 때문에라도 정직하게 살려고 노력한다.

훌륭한 어머니는 박사학위를 가진 여자도 아니고, 돈이 많은 여성, 절세의 미인도 아닐 것이다. 다만 정직하게 살면서 자식에게 작은 약속이라도 지켜주는 어머니가 훌륭한 어머니일 것이다. 상대방의 마음을 헤아릴 줄 아는 아량 있는 인간이 먼저 되어야겠다.

사람들 중에는 소가지가 밴댕이만큼도 못되는 치사한 사람들이 있다. 마음 씀씀이가 얼마나 얕으면 이런 말을 듣겠는가. 여유도 없고 양보도 없는 인간, 자기밖에는 모르는 사람, 그런 이에게 남을 위해 희생하라는 말은 차마 못하겠다. 오히려 상대방의 희생을 요구하지만 않아도 다행이다.

이들처럼 자신은 다 옳고 잘났고, 상대방은 다 틀리고 나쁘다는 이기주의자가 되어서는 안 되는 것이다. 이런 사람은 사랑이 두절된 사람이다. 사랑이 두절된 세상이라면 차라리 이 지구촌을 떠나는 게 나을 것 같다.

내 주위에서 잔인한 사람을 몇 명 보았다. 사람의 탈은 썼지만 짐승과 다를 바 없는 인간, 그런데 세상 이치가 오묘하다는 생각이 든다. 남에게 악하게 구는 사람들이 잘될 수 없으며 폭력을 휘두르는 사람이 절대로 잘되는 것을 보지 못했으니….

상대방이 잘못을 저질렀더라도 폭력을 써서는 안될 일이

다. 칼로써 흥한 자는 언젠가 칼로 망한다고 했다. 악은 그 대가를 꼭 받게 되어 있다.

 사람으로서 해야 할 일은 사랑을 베푸는 일일 것이다. 또한 사람은 정직해야 사람이다.

4
사랑의 향기

시가 있는 사색

"삶이 그대를 속일지라도…."

이 시를 쓴 38세의 나이로 사망한 푸쉬킨은 극적인 생을 산 시인이다. 그가 쓴 많은 시 가운데 이 한 편의 시는 세상 사람들의 가슴에 오래 남아 있다. 시인은 말한다. "외롭고 괴롭더라도 슬픈 현재를 견디라"고. "희망의 삶은 올 것이니 기대하라"고…….

우리네 삶이란 속고 또 속으며 사는 것인지도 모른다.

마음이 허허로울 때 기댈 마지막 보루, 그것은 좋은 시를 읽는데서 비롯된다. 내가 무엇을 소유하고 싶다는 욕망에 시달릴 때, 욕망이 강하면 강할수록 허무감도 비례하여 커진다. 누군들 허무를 느껴보지 않은 사람은 이 세상에 있을까.

이민생활 20여 년이 넘었음에도 가끔은 이국적 감정, 낯설음을 아직까지도 떨치지 못하는 고향에 대한 향수….

지금 창밖에는 장대비가 퍼붓고 있다. 라디오에선 푸쉬킨의 시가 마음을 감동시키며 흘러나오고 있다. 내가 외로울 때, 남들에게서 소외감을 느낄 때, 미움과 갈등으로 시달릴 때, 그것들을 멀리 쫓아내는 주문 같은 구실을 해주는 게 바로 푸쉬킨의 이 시이다.

지나가 버린 것은 언제나 그리운 것, 날이 흐리고 비가 뿌리고 편안한 날이 없다해도, 언젠가는 개일 날이 있기에 삶의 고달픔 속에서 신선한 이야기를 할 수 있는 게 아니겠는지. 그래서 바로 그 자체가 샘물인지도 모른다.

고통이 주는 슬픔, 늙음이 주는 공포, 가장 확실하게 기쁨이란 티켓을 받아 줬 때는 그게 인생의 황금기인 줄 모르고 지냈다. 그래 회한과 아쉬움에 가슴을 치는 것이다.

어느 날 문득 나이만 먹은 자기 자신을 발견한다. 그러나 그 어떤 구실로 대자연의 순리를 막을 수 있으랴. 비록 이름없는 필부의 삶일지언정 대자연은 빈부귀천을 따지지 않고 똑같이 내려주는 자연의 신비가 살아 움직이는 숨결 소리로 다가온다.

"하찮고 덧없는 것들을 잊으라. 그리고 아름다운 사색에 잠겨보라."

이렇듯 마음을 움직이는 한 편의 시를 감상하는 일은 나에게는 큰 희망이다. 푸쉬킨의 속삭임에 귀 기울일 때 나는 마음이 차분히 가라앉는다. 참고 견디면 즐거운 날은 오고야 말리니······.

주어진 삶에 최선을 다하며 살 일이다. 이 시를 쓴 푸쉬킨이 비극적인 짧은 인생을 살았지만 오히려 불멸의 시를 남겼으니 오히려 아주 길게 살아 있는 것이다.

아직도 응달에는 잔설이 그대로인데 나는 피어날 꽃봉오리를 기다리고 있다. 삶이 나를 속일지라도.

앞서가는 가을

　지금은 가을이다. 가을은 수확하는 계절, 한 해의 농사를 마무리 짓는 철이다.

　사람에게도 계절을 상정할 수 있다면 가을은 자신의 인생을 마무리 짓는 준비 같은 것, 인생의 오십 문턱에 들어선 이에게 해당되는 계절이다. 인생의 가을이 오면 자신의 지나온 삶을 한번쯤 통틀어 보아야 할 것 같다.

　모든 것이 상대적인 것 같다. 어디에도 '절대'라는 것은 존재하지 않는다. 만사는 '절정' 그 자체 속에는 이미 '기울어짐'이 깃들어 있고, 이 사실을 깊이 터득한 경지를 우리는 달관이라고 부른다.

일흔 살이 넘은 공자가 작은 냇가에 앉아 물 흐르는 것을 내려다보면서 "모든 흐르는 것이 저와 같구나" 하고 중얼거렸을 때의 그 달관 속에는 한 자락 체념 같은 것도 깔려 있는 것이다.

가을! 가을은 모든 것이 익는 계절, 풍성한 계절인 동시에 기울어지는 계절이면서 겨울을 준비하는 계절이기도 하다. 넉넉함과 함께 일말의 적요와 쓸쓸함마저 감돈다.

독일의 철학자 칸트는 1840년 초봄에 구 소련 땅인 칼라닌그란드에서 세상을 하직했다. 그의 나이 여든 살, 그가 숨이 끊어지기 직전에 마지막으로 한 말은 무척 인상 깊다.

"이만하면 됐다!"

그는 죽기 전에 자신의 전 생애를 돌아보고 대강 만족하였으며 미진함이나 후회되는 일이 없었던 것이다. 그렇다면 평생을 철학적 사색으로 일관한 그의 일상생활은 어떤 것이었을까.

칸트는 무엇보다도 자신의 사색에 방해가 되는 일체의 것을 극히 싫어했다. 그것은 말할 것도 없이 소음이었다. 또한, 그는 자신의 기분을 흩트려 놓는 것을 피했다. 사색을 하기 위해서는 규칙적인 생활이 필요하다고 그는 확신하고 있었고, 매일 아침 정해진 시각에 어김없이 산책하는 그의 모습을 보고, 거리 사람들은 자기 시계를 맞추었다고 하는 이야기가 전해 내려오고 있는 것이다.

그는 그 거리에서 태어났고, 죽을 때까지 그 거리를 떠나지 않았다. 일생을 독신으로 지냈으며 건강에 대해서만은 여간 세미하게 신경을 쓰지 않았다. 어떻게 보면 꽉 막힌 답답한 사람, 또 대하기 힘든 숨막히는 사람, 통이 좁은 짜잔한 사람이었다.

그의 평생은 그의 철학처럼, 처음부터 끝까지 스스로 정해 놓은 규칙에서 한치의 어긋남도 없었던 것이었다. 그렇지만 그의 내적 세계는 끝을 헤아릴 수 없을 정도로 넓었고, 인간에 대해, 사람살이에 있어, 그의 흥미를 끌지 않은 것은 거의 없었다고 한다.

반면, 괴테는 어떠하였던가. 그의 마지막 말은 "빛을 더!"였다. 운명하는 자리가 어두웠던 것일까? 그랬을지도 모른다. 그러나 괴테라는 저 풍요하고 깊은 정신과 관련 지을 때, 우리는 그 마지막 말에서도 무척 괴테다운 것을 느낀다.

그의 인생은 화려하였고 삶에 대한 그의 뜨거운 집착이 이 한마디에도 아로새겨져 있는 것이다. 그리하여 그는, 그의 필생의 대작인 『파우스트』 속에서도 "인간은 노력하는 한 헤매는 것이다"라고 썼다. 진정으로 노력하는 사람에게는 절대 절명의 해답이란 없다. 노력할수록 뚜렷한 하나의 결론에서는 멀어진다. 그리고 그 경지가 바로 공자의 달관의 경지인지도 모른다.

한편 로마의 흉포했던 황제 네로의 교사였던 철학자 세네카는, 바로 그 네로에 의해 처형을 당하는 비참한 끝마무리를 겪는다. 그는 칠십 년 생애를 그다운 작은 밀도로 살아냈다. "내 유언은 내가 살아온 모습이다"라고 한 그의 말에서도 그의 자부심을 들여다 볼 수가 있다.

그렇다면 누구나에게 한정지어진 삶을 어떻게 하면 조금이라도 연장시킬 수가 있을 것인가. 세네카는 그 비결을 '나태한 바쁨'을 추방해야 한다고 하였다. 즉 정신없이 휘둘리는 잡사에 송두리째 매몰되지 않는 일이라고 하였다. 사실, 이 대목은 오늘 우리 현대인의 삶에 충격적일 정도의 깊은 시사를 던져 준다.

또 그는 말한다. "매일 매일 마지막 하루를 살 듯이 살아라." 이 얼마나 무섭고 철저한 말인가. 누구나 이렇게만 살아 낼 수 있다면 어찌 후회나 회한이 있을 수 있겠는가? 한발 앞서 뒤늦게나마 자신의 오늘을 한 번쯤 돌아 볼 기회를 가졌으면 하는 바람에서이다.

"모든 것이 저와 같구나."

"이만하면 됐다."

"빛을 더."

"매일 매일 마지막 하루를 살 듯이 살아라."

이 말들은 하나같이 그들 삶의 깊은 진실을 담고 있다. 그러나 그들 위인들의 내면은 제각기 천리만리로 멀기도 하고, 어느 한편으로는 무척 가깝기도 하다.

그리하여 뷔르켄슈타인은 이제까지의 일체의 철학을 "틀린 것은 아니지만 덧없는 무의미한 짓들이다"라고 극언을 서슴지 않았다. 그는 말한다. "세계가 어떻게 있느냐 하는 것이 불가사의한 것이 아니다. 세계가 있다라고 하는 그 점이야말로 불가사의한 것이다." 그리고 이 경지는 말, 언어, 같은 것의 세계를 뛰어넘는다. 오늘을 살아가는 우리들의 삶은 지금 어느 근처를 지나고 있을 것인가.

공자, 칸트, 괴테, 그리고 세네카의 삶과 말씀을 이 가을에 마음에 새기면서 위인들의 삶과 죽음에 비추어 내 자신의 오늘을 돌아볼 기회를 이 가을에 가져보리라.

사랑의 향기

일상의 굴레에 갇혀 하늘에 떠 있는 태양의 눈짓도 잊은 지 오래이다. 그런데도 한밤중의 종소리처럼 신년의 서기어린 새 날이 밝았다.

새해 아침, 문득 떠오르는 어린 날의 추억이 떠오른다. 섣달 그믐밤을 꼬박 새워야 눈썹이 하얗게 변하지 않는다는 어른들의 말씀에 감기는 눈까풀을 껌벅거리며 새벽을 기다렸었다.

이제서야 작은 그 추억에서 찾을 수 있는 진리 하나를 발견한다. 눈썹이 하얗게 된다는 어른들의 이야기 속에 새해를 맞으려면 새로운 마음가짐을 가져야 한다는 깊은 뜻이 담겨 있음을….

새 옷을 입을 때 마음이 달라지듯 새해라고 이름 붙여 의미를 부여한 옛어른들의 슬기에 새삼 경탄한다. 새해 첫날이라 해서 섣달 그믐날과는 어제와 오늘의 시간적 차이이건만 세월을 단위로 끊어 새로운 삶의 끈을 찾도록 눈을 뜨게 하는 숨겨진 의식이었던 것이다. 새해를 맞아 새롭게 인생을 출발하라는 의미가 담겨진 것이 아니겠는가.

새해를 맞는 지구촌 많은 사람들은 꿈을 세우고 보다 나은 내일을 기대하며 새롭게 각오를 다질 것이다. 그러나 새해를 맞아 자신의 미래를 설계하는 일도 중요하지만 그에 앞서 잊어서는 안될 것은 사랑의 미덕일 것 같다.

25년의 오랜 외국 생활에서 아직까지도 떨어내지 못하는 외로움을 가슴에 묻고 살고 있다. 새해에 소망이 있다면 모든 가정이 사랑이 중심이 되어 새해 설계를 하였으면 좋겠다.

아내는 남편의 조그마한 일에도 다독여 줄줄 아는 사랑의 마음을 지녀야 하고, 남편은 설거지하는 아내의 모습에서 사랑의 연민이 움터나야 할 것이다.

참모습의 자아는 다른 이가 만들어 주는 것이 아니라 나 자신의 존재가 이 세상에 사는 이유를 스스로 엮어 나감으로써 이루어지는 것이다. 내가 앓는 가슴앓이도 내가 짊어지고 살아야 하고, 생명에 대한 가치도 내 스스로 만들어 가야 하는 것이다.

　사랑의 향기는 정직한 삶이 소중한 것임을 깨닫게 해주는 매개체이며, 삶이 얼마나 감동스럽고 살만한 것임을 다시 한 번 깨닫게 해주는 빛과 같은 것이다.

　사랑의 향기를 간직한 이는 가족, 만나는 모든 이에게 아름다운 감동을 전하는 힘이 되며, 나 또한 그런 사랑의 향기를 지닐 수 있기를 염원한다.

　한 조각 구름이 황혼에는 장미로 변하듯 새해에는 내가 지닌 사랑의 향기로 내 가정이, 내 이웃이, 아니 모든 이가 행복해지기를 소망해본다.

어미 마음

자식이나 재산이 평생 자신의 소유라고 믿으며 거기에 매달려 일생을 보내는 이들이 있다. 그러다가 죽음의 순간에서야 자식이나 재산은 고사하고 자기 자신마저도 자기 것이 아니었음을 깨닫는다.

나는 그 순간의 허무함은 상상만으로도 두렵다. 나는 참으로 부질없는 것에 이끌려 하루하루를 살아가고 있는지도 모른다. 하루를 돌이켜 봐도 산 것처럼 산 날이 없는 것 같고, 지나온 세월을 돌이켜 봐도 어느 한 순간 산 것처럼 살았다는 기억이 없다.

나는 매일 매일 열심히 살아왔는데 내게 남은 것은 왜 이렇게 아무 것도 없는 것일까?

그런 나를 한 걸음 물러서서 들여다보니 답이 자연스럽게 얻어진다. 늘 갈지자걸음으로 비틀거리며 뭇 사람들의 발길에 채여서 마음과 몸은 멍이 들어 그 고통에 아파하면서도 걸음을 멈추지 못하고 있는 한심한 내가 보이는 것이 아닌가.

내 나이 오십이 넘고 인생이라는 것을 반도 넘게 살다보니 이제 가야 할 길이 조금은 보이는 것 같다. 옛날 선인들이 "갈 길은 먼데 해는 저물어 가도다" 하고 탄식했던 심정이 이해되는 것이다.

인생이라는 긴 여정에서 자신을 바라보면 아직 몸을 가누고 서지도 못하는 갓난아이에 불과하며, 내 몸을 세우기 위해서는 몸을 받쳐 줄 막대기가 필요하고, 몸을 옮기기 위해서는 방향을 알려 줄 이정표가 필요하다.

그런데도 지금 내 옆에는 자신의 생을 내게 의탁시키고 앞으로 나아갈 길을 가르쳐 주어야 하는 자식이 있다. 나는 그 아들을 바라볼 때마다 암담해짐을 느낀다. 장님이 장님을 인도해서 길을 가는 것 같다는 말이 실감날 만큼. 그러나 그런 자세라도 갖고 자식을 인도해서 어딘가 걸음을 옮기지 않으면 안 된다.

요즘 들어 나는 '어떤 어머니가 되어야 하는가'가 '나는 어떻게 살아야 하는가'라는 명제만큼이나 내게 압박을 가해 오고 있다.

　내 자신도 주체 못해 비틀거리는 나는 어머니의 역할에서 도망치고 싶은 충동을 가끔 느낀다. 그러나 삶을 포기하지 못함과 같이 포기할 수 없는 일임을 안다.

　어머니의 역할을 생각할 때마다 철부지 내 모습을 떠올린다. 그제서야 부모는 언제나 자식 옆에 서서 신뢰에 찬 눈으로 자식을 지켜봐야 하며, 자식이 흔들릴 때면 묵묵히 손을 내밀어 자식의 손을 잡아줘야 된다는 것을 깨닫는다.

　지금 내 아들도 나를 향해 그런 요구를 하고 있는 것이다. 어머니는 언제나 신뢰에 찬 눈으로 자신을 지켜봐 주고 그리고 흔들리거나 힘들어 할 때 서슴지 않고 손을 내밀어 잡아주는 그런 어머니이기를……

　여기에는 부모로서의 내 감정이나 요구는 생략되어 있다. 나는 그것이 부족하다는 것을 어머니가 되어서야, 아니 이만큼 살다보니 지금에서야 알게 된 것이다. 곰곰이 생각해 보면 부족하다고 생각하는 그 마음속에는 나를 배제시키지 못하는 치기가 있기 때문이다.

　치기는 어디까지나 감정이지 이성은 아니다. 감정은 자식을 불편하게 만들고 힘들게 할 뿐, 큰 힘이 되어 주지 못한다. 자식을 향한 사랑도 감정적이기보다는 이성적이어야 한다. 그런데 사람의 속성은 원래 이성적이기보다는 감정적이다. 그것이 본능으로 얽힌 관계일 때는 더욱 그러하다.

그러나 자식이 원하는 것은 그게 아니다. 옛날 우리가 그러했듯이 자식이 시행착오를 하거나 흔들린다 해도 분노만 하지 말고 지켜봐 주자. 옛날의 부모같이 독선만 주장하지 말고, 성내고 소리지르며 가르치려 하지 말고 감싸주고 이해해 주자. 부모의 고집된 주장만 강요하지 말고 자식의 의사를 존중해 주자.

　　지금의 나도 수없이 흔들리고 쓰러질 듯 지금도 갈지자로 걷고 있는데 어떻게 나의 욕심만으로 내 자식이 앞으로 달려 주기만을 바랄 수 있겠는가!

　　옛말에 아들은 그 아버지를 보고 딸은 그 어머니를 본다는 말이 있듯이 자식 앞에서 부끄러운 부모가 되지 않도록 행동이나 언어에 조심을 해야 할 것이다.

　　내가 지금 할 수 있는 일은 내 속에 내재된 욕망을 배제시키고 나를 희생하고 내 자식을 바라보는 일이다. 자식을 위해선 목숨도 아끼지 않는 것이 부모의 마음인 것이다. 내 모든 소유의 개념에서 벗어나 어미인 나에게서 작은 위로나마 받을 수 있도록 최선을 다할 것이다. 자식을 향한 어미의 사랑은 이토록 열정적인 것이다.

(1995년 대학에 있는 아들을 생각하면서)

잉꼬부부

  남녀가 사랑을 하면 결혼에 골인하는 것이 인간 세상의
섭리이다. 결혼에 대한 부정적인 견해는 주로 실패자들의 넋
두리가 아닌가 싶다.

  결혼 생활을 하는 사람은 누구나 잉꼬부부를 부러워한다.
남녀가 만나 결혼을 결정했을 때 그들의 소망은 한결같이
잉꼬부부이기를 소망하였을 것이다. 그러나 주위에 잉꼬부부
는 그리 많지 않은 것은 불행한 일이다.

  그것은 꼭 애정만으로 결혼한 것도 아닐 수 있고, 또 애
정으로 결합된 부부라도 살다보면 정이라는 것이 식을 수도
있는 것이다. 정이란 것은 이렇듯 믿을 수 없는 속성을 지

녀서 양쪽이 동시에 멀어질 수도 있고 어느 한 쪽만 식어질 수도 있는 것이다.

정은 부부생활의 필수조건이다. 부부 사이에 거리감이 생긴다는 것은 두 사람을 불안하게 하는 요인이다. 집안에 갇혀 가사에만 전념하는 아내라면 남편과 거리감이 생긴다면 더더욱 불안한 것이다.

남자들은 삶의 보람을 꼭 결혼생활에서만 두지 않는다. 자기가 하는 일에서, 사회에서 인정받는 것 등에서도 보람을 얻는 것이다. 그러나 결혼이 인생의 전부라고 여기는 아내 쪽에서는 냉담해지는 원인이 어디 있든지 간에 불안하고 초조해지는 것이다.

남편에게 다른 여자가 생긴 것은 아닐까, 내게 무슨 결점이라도 있는 것일까 하는 의심과 조바심으로 아주 심각한 고민에 빠지는 것이다. 남편과의 불화가 아내에게는 이 이상 더 큰 고민과 고통이 없는 것이다.

부부생활에서 서로가 결점이 있으면 시정해야 하고, 같은 실수는 두 번 다시 번복하지 않아야 한다. 또 이해가 부족하다고 생각되면 서로가 이해할 수 있도록 함께 노력해야 할 일이다.

부부간에 간과해서는 안될 것은 부부 두 사람이 동등한 위치에 함께 있다는 것을 잊지 말아야 한다. 우월감은 일부 남자의 속성이다. 그래서 남자는 괜찮다라는 잘못된 생각에서 벗어났으면 한다.

주위에 있는 어떤 부부를 보면 체면도 그럴싸한 남편이 아무렇지도 않게 다른 여자와 사귀고 있다. 이런 남자는 자기 자신의 위치를 모르는 사람이거나 정신적으로 결여된 사람일 것이다.

부부의 정이 사람의 뜻대로 되는 건 아니다. 몸이야 마음대로 되지만 애정이란 그렇게 되지 않는 데 비극이 도사려 있다. 사람의 마음이란 우리 의지와는 아무 상관이 없는 전혀 별개의 것이며 꼭 노력한다고 되는 것도 아니다. 자연 그대로 물 흐르듯 두고 볼 수밖에 달리 별 도리가 없는 게 정인 것이다.

애정의 본질이 이런 것이니 두 사람의 인격과는 전혀 별개인 것이다. 허긴 내 마음도 내 뜻대로 안 되는데 남의 마음임에랴….

그런데 다른 부부는 모두 잉꼬부부처럼 보이는 건 무슨 이유일까. 다른 사람들 앞에서는 다정한 부부인 것처럼 보이고 싶은 허영심의 발로가 아니겠는가. 그래서 잉꼬부부로 소문난 부부가 어느날 갑자기 이혼을 하여 주위에 충격을 주기도 하는 것이다. 그런데 어떤 부부는 남들 보기에는 덤덤한 사이 같아 보이지만 뜨거운 부부 사이도 있다.

부부란 겉보기만으로는 모른다. 의무적으로도 남 앞에서 다정한 체 하는 부부도 있을 테고 성격적으로 그저 시큰둥

한 것처럼 보일 수도 있다. 그래서 부부 사이는 본인들 아니고는 아무도 모른다는 말이 있는 것이다.

연애는 사랑 없이는 안되지만 결혼은 사랑 없이도 가능하다고 한다. 또한 부부란 언제나 짜릿한 것만은 아니다. 그래서 중년 부부란 돈주고 영수증 안 받는 사이라는 익살도 듣는 게 아니겠는가.

거문고와 비파의 합주가 조화를 이룰 때는 극치의 아름다운 화음을 이룬다. 그러나 조화가 안되어 불협화음을 낸다면 솔로라도 잘할 수 있도록 한쪽이 배려해야 하며 지나친 열등감으로 자학하여 인간성마저 멍들게 해서는 안될 것이다. 정이 없다는 느낌이 들어도 의리나 숙명이라며 체념하고 살 수 있는 것은 아내 쪽이 강한 편이다.

잉꼬부부가 되기 위해서는 위기에서는 슬기로 비켜가고 서로 존중해주는 교양도 갖추어야 하지 않을까. 또한 참아줄 줄 아는 인내심도 요구된다.

뜨거워야만 부부 사이가 아니다. 정이란 뜨거울 때가 있으면 식을 때도 있는 법, 상대방을 배려하며 나태하지 않으며 자기 개발에 힘써 서로를 이해하고 포용해 가며 사는 부부가 잉꼬부부이지 싶다.

인고의 세월

사람의 가치를 직접적으로 나타내는 것은 재산도 아니고 그 행적도 아니고 그 사람됨이라고 한다. 참된 인간은 개구리가 되어서도 올챙잇적 시절을 잊지 않는 사람이며, 반대로 가장 비열한 인간은 개구리가 되었을 때 올챙잇적 시절을 까맣게 잊고 상대방 마음에 상처를 주고도 그 고통을 알지 못하는 사람이다.

살다보니 세상에 양심도 없고 부끄러움도 없는 사람이 너무나 많으며 세상에 육신의 법만 쫓는 사람이 정신없이 늘어나고 있는 듯하다.

비양심이 위엄으로 떠오르는 세상인데 어찌 마음에 상처

를 받지 않을 수 있겠는가! 믿음의 확신이 더 이상 바람이 없을 때 조바심이 심장을 달구치더라도 인내하면서 진정 내가 갈구하는 사랑이 얼마만큼의 무게를 차지하는지 사뭇 궁금하다.

한 치밖에 안 되는 가슴속도 우리는 볼 수가 없는데 하물며 그 속에서 나오는 말과 행동을 어디까지 믿을 수가 있겠는가. 밤과 낮이 다른 것처럼 인간의 얼굴에도 음양설이 있다.

그렇게 모양이 틀리고, 방향도 틀리고, 사람이 만나 사는 것도 마음대로 만족할 수 없다는 것을 절실히 느끼게 되는 요즈음 바위처럼 차갑게 식어 가는 마음을 어디엔가 풀어보고 싶다.

외로움이 주는 공포, 가끔 눈시울도 적셔가며 버틸 힘이 모자라 번뇌와 허공에서 방황하는 자신의 모습은 가로막힌 절벽에 서서 늘 조바심에 눌린 아름다운 모습은 아니다. 어떻든 세월은 멈추지 않을 터, 나의 삶에 힘든 일 절반쯤이 지나가고 나면 멍든 울음을 토해내고 만남의 인연이라는 걸 후회하지 않을 수도 있을 텐데……

오십이 다 되도록 인고의 세월이 뭔지 잘 모르고 살아온 날들이 너무 많이 쌓였나 보다. 인간의 만남에는 뿌리심지가 얕은 나무들이 너무 많이 있는 것을 뒤늦게 알게 되고, 이쯤 살다보니 삭아지지 않는 분노로 몸부림을 칠 때도 더러 있었지만, 이런저런 생채기를 아물게 해주는 약은 도대체 어떤 것인지…….

세월! 탄생하고 죽음을 맞고 만나고 이별하는 시간의 연장선일진대 내 곁을 잠시 머물다 영원히 사라져 갈 세월을 더러는 추억 속에 묻고 초연해지고 싶을 때도 있다.

진실에서 진실로 엮어지는 것을 갈망하면서 살고 있지만, 이렇듯 조바심하는 것은 훗날의 사랑을 기약함일 것이다. 절묘한 나의 애정이 아름답게 피워 나기를 죽을 때까지 기다릴 수밖에 없지만.

중국집 주인의 기억

　인간은 혼자서는 살 수 없는 존재이다. 두 사람이 비록 이기적으로 출발한 관계이더라도, 서로 평등한 인간임이 존중되지 않는다면 그 둘의 관계는 지속될 수 없다.

　몇 해 전 친정어머니를 모시고 나이아가라에 갔을 때였다. 폭포 근처에 큰 쇼핑몰에 있는 중국 집에 가서 점심을 시키고 앉아 있었다. 그런데 중국식당 주인이 우리에게 오더니 한국말로 인사를 하는 것이었다.

　그는 한국에서 중국 음식점을 경영하다가 이곳에 이민 와서 자리를 잡았다고 한다. 그는 한국에서 자장면을 파는 동안 손님들 거의가 '여기 자장면 한 그릇' 아니면 '자장면 하나' 하고 반말을 듣던 기억밖에는 생각나는 것이 없다며 높임말을 들어 본 적이 드물었다고 한국을 기억하였다.

또 지난해에는 나이 드신 친지 한 분이 시카고를 오셨는데 일식집에서 저녁을 드시면서 "야, 담배 한 갑 가져 와"라며 반말을 하였다. 그러자 웨이트리스가 대뜸 왜 반말을 하느냐고 따져 묻는 것이었다.

나는 중국식당 주인의 지나간 기억과 일본식당에서 있었던 일을 다시 생각해 보면서 흔히 음식점에서 반말로 주문하는 습관이 얼마나 종업원의 마음을 상하게 하고 예의가 없는 행동인가를 뼈아프게 느꼈다.

이와 같이 우리는 무의식중에 평등한 인간이라는 기본적 틀을 허무는 일이 너무나 많다. 평등한 인간의식과 더불어 가져야 할 것 중 하나가 서로 존중하며 살아가는 가족의식이 있어야 한다는 점이다. 이 가족의식은 살아가는 인간이 지녀야 하는 삶의 기본 자세이다.

우리가 고국을 방문해서 만원버스에 타 보면 누구와 같이 간다는 생각보다는 콩나물시루 같은 버스라는 사실만 불평하게 된다. 또 같은 아파트에 살다보면 위층에서 뛰어 다니는 아이들을 말리지 않아 아래층에 쿵쿵 소리를 울리게 하고 여러 사람이 사용하는 헬스클럽 샤워장에서는 옆 사람을 의식하지 않고 바닥에 주저앉아 때를 미는 사람이 있는가 하면 머리 염색까지 하고 있는 사람들을 종종 볼 수 있다.

이런 사람들의 행동은 공동적 삶의 자세를 모른다는 사실과 더불어 가족의식을 지니지 않고 있음을 말해 주는 행동이다. 우리가 서로 인사하는 것은 예법의 하나이지만 이 예법이 인간애로 표현이 될 때 가족 의식은 저절로 솟아난다.

우리가 식당에 들어서면 "어서 오세요" 건네는 말 한마디가 손님의 마음을 좋게 한다는 것은 상술이기 이전에 손님이 있기에 장사가 된다는 깨달음에서 진정으로 우러나와야 하는 것이다.

가족의식은 서로 힘을 합하여야 유지된다는 유대감으로 이루어져야 하는 것이다. 인간은 서로 필요한 것을 주고받아야 하는 현실에서 남이 필요한 것을 내가 가지고 있다는 자긍심도 중요하지만, 필요한 것을 바라고 있는 사람들이 있기에 나의 존재가치가 있는 것이다.

오늘의 사회 현실에서 인간의 값이 인간을 통해서 이루어진다는 사실을 떠올릴 때, 인간과 인간 사이의 진정한 교섭의 의미를 물질주의적 사고로만 결정하려고 한다면 진정한 삶의 가치를 획득할 수는 없는 것이다.

당신이 있기에 내가 있다는 순정의 연인처럼 인간은 다른 이가 있기에 내 자신을 인정받음을 깨달을 때, 서로 존중하며 살아가는 진정한 인간 가족이 될 수 있는 것이며 평등한 인간의식이 뿌리를 내릴 것이다.

남정네의 불장난

　재수 없는 이야기지만 우리 생활에서 또 빼놓을 수도 없는 것이 바로 남정네의 불장난이다. 그런데 주위에 남정네의 불장난이 의외로 많고 또 부인이 어떻게 대처하느냐에 따라 때로는 심각한 지경에 이르기도 한다.

　얼마 전 가까운 친구가 남편의 외도를 나에게 털어놓았다. 남편의 외도로 힘겹게 마음 고생하는 친구가 가엾기에 앞서 가슴속에 묻어 두고 살아온 친구의 그 세월이 안타까웠다.

　미국에 살면서 한국 남자가 얼마나 외도를 하느냐에 대한 물음은 아직 시원한 답이 없다. 주부의 화병에 대한 연구를 보면, 70% 이상이 바로 남정네의 바람 때문이라고 한다.

남편의 바람으로 부인이 감당해야 하는 고통은 참으로 말로 표현하기 어려운 고통 중에 최상급일 것이다.

남정네의 바람기는 어쩌면 예로부터 내려온 우리 여자들의 지나친 관용 탓도 있다. 백제의 임금은 삼천 궁녀를 거느렸고 우리 나라 역대 왕들도 많은 후궁을 두었다. 또한 고을 유지하면 소첩 한 둘 거느리는 것쯤이야 당연한 것으로 여겨져 왔다. 이렇듯 첩을 두는 것을 행세 깨나 한다는 남자의 특권처럼 받아들여져 온 것이다. 사회적 신분도 가늠 못하고 그럴 형편이 못되는 남자라도 나그네길 객수를 푸는 것처럼, 술상의 안주처럼 따라야 하는 것으로 여기던 시대가 있었다.

남정네들은 남자의 바람기에 대하여 화제에 올리면 천부당만부당한 일이라고 펄쩍 뛰지만 잠재의식 속에는 그럴 수도 있지 하는 게 지배적인 것 같다. 그러면서 아예 아주 빠지지만 않으면 된다는 묘한 단서를 붙이면서 동물적 본성을 떨치지 못한다.

남자 입장에서야 바람기가 공인된다면 살맛 날 것이다. 어쩌다 아내에게 발각이 되면 그들은 모든 과오를 '너 때문에' '너로 인해'라는 식으로 아내에게 덮어씌운다. 늙어 가는 자기 존재도 확인하지 못하고 어디서든 가능한 일이라고 치부해 버리기도 한다.

양심과 성윤리가 마비된 채 집은 집이고 바람은 바람이라는 것이 그들 바람둥이의 생각인 것 같다.

'씨앗을 보면 돌부처도 돌아앉는다'고 할 정도로 아내에게는 참을 수 없을 정도로 고통스러운 일이다. 남편의 바람을 용서하기가 그렇듯 어려운 일이건만 예전의 우리 여인들은 냉정을 찾으려 무진 애를 썼다.

남편의 외도를 알게 되면 아내 쪽에서는 고통의 선택을 하여야만 한다. 이혼 아니면 용서하고 사는 길이다.

하지만 인간의 만남이 그렇게 쉽게 헤어질 수 있겠는가! 또 가장 상처를 받는 사람은 누구인가. 바로 자식이다. 배신과 분노가 치밀어 오를 때마다 자식을 떠올리면 충격의 정도가 어떻든 간에 길은 오직 한 길 뿐이다.

아내는 시간이 흐름에 따라 남정네를 용서하기로 마음먹는다. 남편의 외도로 입은 상처가 심각해서 원상회복이 안 되더라도 온 집을 태우는 일은 없어야겠다는 생각에 고통을 숙명처럼 받아들이며 인내하는 아내도 있다.

요즘 여성들은 옛날의 여성들과는 전혀 생각이 다르다. 한눈 파는 눈치라도 보이면 그건 이유 없이 곧장 이혼으로 몰고 가지 참지 않으려 한다. 기다려야 한다는 것이 불쾌하고 속인다는 그 자체를 이해하거나 용납이 안되기 때문이다. 이혼을 하고 갈라서는 것이 더 현명한 일이라고 주장한다. 그러나 이혼을 결심한 아내는 이혼할 자신이 내게 있는가부터 물어야 한다.

그런데 남편이 자기의 외도를 변명을 하거나 합리화하는 것은 아내의 마음에 더 깊은 상처를 주는 일이다. 속이려고 드는 사람을 무슨 재주로 막을 수 있겠는가.

친구는 남편의 외도를 생각만 해도 메스꺼워 밥도 안 넘어 간다고 했다. 몸은 얼음처럼 굳어지고 불감증을 넘어 혐오감으로 몸이 떨린다는 것이었다. 어쩌면 친구는 노이로제로 평생을 괴롭힘을 당할지도 모른다. 그래도 참아야 한다는 것이 여자의 마음이다.

남편의 외도가 아내에게 얼마나 가슴아프고 힘든 일인가는 당해 본 여인만이 안다. 바로 화병은 이런 여인들이 앓는 병이다. 우리 모든 여인들이 이런 일로 고통받는 일이 없기를 간절히 바란다.

모든 세상 남정네들이여, 적당한 시기에 멈추어 주는 현명함을 갖추기를….

결혼은 꿈이 아닌 현실이다

20년이 넘도록 함께 살아온 부모님과 형제 자매들을 떠나 한 남자의 아내로서, 시댁의 며느리로서, 새로운 역할을 시작하고 보니 모든 게 낯설게만 느껴졌다.

이제껏 살아온 나의 울타리와는 전혀 다른, 그래서 전혀 몰랐던 사람들과 갑자기 맺어진 연으로 인해, 그 속에서 느끼는 복잡한 관계와 얽힘, 결혼 전에는 몰랐던 마음에 들지 않는 남편의 습관, 하지만 역시 무엇보다 어려운 건 며느리로서의 역할이었다.

아무리 각오를 했다 하더라도 시댁에 무리 없이 적응하여 칭찬 받는 며느리로서 한식구가 된다는 것은 결코 쉬운 일이 아닐 것이다. 친정과는 다른 시댁의 가풍 익히기에서부터 시부모님 잘 모시기, 시어머니와 가깝게 지내고 인정받는 것, 시누이와 시댁 식구들과 좋은 관계를 유지하는 일, 자기 뜻대로 살고 싶지만 어쩔 수 없이 신경을 써야 하는 시댁살이, 젊은 새색시가 잘 모르는 생활 예절, 그로 인한 긴장감과 가사노동의 피곤함….

그러나 숱한 어려움이 있다 하더라도 시댁에서 인정받는 며느리가 되어야 한다는 것은 변할 수 없는 지상 명제, 곧 자신에게 충실하는 것과 같은 것이다.

결혼 생활은 꿈이나 낭만이 아닌 평범한 생활이며 현실이라는 깨달음이 있어야 한다. 미리 어떤 선입견을 갖지 말아야 한다. '세상에 다시 못할 게 시집살이라던데….' '고부관계는 어쩔 수가 없어'라는 선입견을 갖고 있다면 사소한 일도 예민하게 받아들이게 되어 모든 생활에 갈등을 초래한다.

새댁이 결혼하여 시댁과 생활하는 것에는 어려움이 뒤따르기 마련이다. 아무리 잘 하려고 노력해도 마음 같지 않은 게 세상살이이다. 생각해 보라. 남남이 그것도 한 남자 때문에 선택의 여지없이 순식간에 한 식구가 되었는데, 어떻게 처음부터 모든 게 잘 맞을 수 있겠는가.

시댁과의 문제는 성급하게 생각하지 말고 인내심을 갖고 노력하는 자세가 필요하다. 과거와는 달리 요즘은 시어머니가 며느리의 눈치를 보는 세상이 되었다고도 하지만 그래도 시어머니는 며느리에게는 어려운 분이요 또 시어머니의 뜻을 받드는 게 며느리의 본분일 것이다.

우리 세대의 여자들에게는 아들은 남편 못지 않게 중요한 존재요, 희생해야만 하는 대상이다. 이제 아들이 커서 반려자를 만나 가정을 꾸미게 되면 우리 어머니들은 아들이 자라 가정을 이룬 것에 대한 대견함과 섭섭함을 가지고 며느리를 지켜보게 될 것이다. 자기가 살아온 그 이상의 세대를 살아온 시어머니의 사고 방식, 생활 방식까지 합쳐져 며느리에게 기대를 걸게도 된다.

그러나 아들과 며느리의 결혼생활은 자기들 내외의 생활과는 차이가 있을 테고, 비교하다 보면 이래저래 불편한 관계는 십중팔구이다.

우리 세대의 우리의 시어머니, 친정어머니는 어릴 때 보수적인 전통 교육을 받았고, 결혼해서는 종래의 가치관에 따라 혹독한 시집살이를 경험한 분들이다. 일제시대와 6·25, 4·19, 5·16 등 격동의 시대를 살아오신 뼈아픈 기억을 가진 세대이기도 하다.

이제 사회는 급격히 변했다. 그래서 전통적인 가치관은 서구적인 가치관으로 바뀌게 되었고, 부모들이 예전의 권위를 잃게 되면서 자식들로부터 소외마저 당하게 되었다. 그러니 시어머니의 입장에서 보면, 자신은 며느리로서 힘든 시집살이를 했다지만 정작 며느리에게는 돌려 받지 못할 형편인 것이다. 옳고 그름을 떠나 분명 시어머니는 희생만 하고 대가를 못 받는 과도기의 세대였던 셈이다.

우리 세대의 여인들은 우리들의 어머니가 불행한 시대를 살아오셨음을 염두에 두고 시어머니, 친정어머니 모두를 보다 넓은 안목에서 이해해야만 할 것이다.

시어머니를 어려운 관계, 이해할 수 없는 존재로 여기지 않는, 그래서 늘 마음에 가깝게 두는 어른으로 생각한다면 어려운 관계도 아닐 성싶다. 고부간에 서로 미숙함을 메우며 다져가는 믿음과 사랑이 필요한 것이다.

결혼은 꿈이 아닌 현실이다. 결혼이란 다리를 건너 남남으로 지내던 사람들과 한가족이 되어 지내는 것이다. 성격도 풍습도 사고방식도 다른 사람들과 지내는 것이다.

시댁을 어렵고 불편한 관계로만 생각하지 말고, 서로 이해하고 좋은 사이로 발전시킬 수 있는, 그래서 현명한 지혜를 갖고 살아간다면, 꿈보다 더 좋은 현실에서 결혼생활을 멋지게 가꾸어 가리라.

주제넘은 위선자

참다운 희생 봉사를 한다는 것은 대가를 바라지 않는 것이다. 그것은 강한 책임감에서 우러나와야 하는 것으로 무엇을 위한 무엇을 기대하는 희생, 봉사이어서는 그 의미가 퇴색된 것이다.

남을 의식하고 과시하기 위하여 또 어떤 목적으로 희생하는 척 봉사한다면 진정한 의미의 희생과 봉사일 수 없기에 나는 그런 이를 '주제넘은 위선자'라고 부르겠다.

성서에서는 "오른손이 하는 일을 왼손이 모르게 하라"고 했다. 이는 참의미의 희생과 봉사의 기본적인 태도로 어떠한 불순물이 섞여서도 안되며 인간사랑의 순수 무구한 마음이

어야만 한다. 진정한 봉사는 마음으로 하는 것이다.

그런데 우리가 사는 세상에는 진정한 봉사가 소원하기만 하다. 봉사를 한다고는 하지만 따뜻한 마음이 없는 위선적인 모순된 봉사가 많이 널려 있음을 부인할 수 없다.

모순된 봉사는 자신도 모르게 무의식중에 저질러지고 있다. 배고파 보지 않은 사람이 어떻게 남의 배고픈 심정을 헤아릴 수 있으며, 아파 보지 않은 사람이 아픈 사람의 심정을 어떻게 헤아릴 수 있겠는가.

자신의 경우가 아니라 하여 생각 없이 쉽게 말을 하거나 판단하지 말아야 할 일이다.

고집과 아집으로 남에게는 엄격하면서도 막상 자신에게는 관대한 모순된 행동을 한다. 어찌 그리 남의 결점만이 잘 보이는지 남의 결점을 지적한다. 또한 자기를 희생하고 남을 관대하게 보아야 하는 일임에도 고집과 아집만을 내세워 상대방의 행동만 옳지 못하다고 지적한다.

이런 사람은 어느 모임이나 단체를 원만히 이끌어 나갈 수 없는 사람이다. 그런데 그런 이가 지도자의 위치에 있다면 불행한 일이다.

사람들이 모이는 곳에는 기본적인 원칙과 상식이 통할 수 있는 도덕이 따라야 한다. 옛말에 뿌린 대로 거둔다는 말이 있는 것처럼 사람도 언젠가는 자신이 행동한 대로 되돌려 받게 되는 것이다.

사람은 양면성을 가지고 있다. 종종 법이 없어도 살 사람, 순진하고 악의 없는 사람이 어느 날 갑자기 입에 담지 못할 욕설을 퍼부으면서 다투는 것을 목격할 때가 있다. 이렇듯 인자한 사람이라도 성질 없는 사람이 없다. 다만 마음을 잘 다스려 화를 속에 묻어 두느냐 표출하느냐에 따라 인자한 사람이 될 수도 있고 표독스런 사람이 되는 것 같다.

크든 작든 단체활동에는 대(大)를 위해서 소(小)를 양보할 수 있는 마음가짐이 필요하다. 나를 희생하고 남을 먼저 배려할 줄 아는 미덕이 있어야만 단체가 원활하게 유지되는 것이다.

나도 어느 단체에서 봉사를 한 적이 있었다. 비록 짧은 시간이었지만 단체 내의 모순된 행동을 지켜보면서 나의 임무가 지루하게 느껴졌다. 그러나 잘 참아내어 임무를 완수할 수 있었다는데 대해 스스로 감사하다.

그 동안 일을 하면서 마음 아팠던 일들이 쉽게 잊혀질 리는 없겠지만, 시간이 약이라고 하지 않던가.

아픈 기억들이 성숙의 디딤돌이 되었음에 이제 기쁨으로 받아들이기로 한다.

무엇을 해야 할까

　늘 허전함을 느꼈고 나는 그럴 때마다 글을 써야지, 수필
을 써야지, 책을 내야지 하며 내 자신을 달래곤 하였다.

　어느 날 나는 수필을 쓸 작정으로 책상 앞에 앉았다. 그
러나 수필을 쓴다는 것은 큰산을 오르는 일처럼 막막했고,
나는 산 아래에서 서성이며 산을 바라보는 일로 몇 달을 보
냈다. 그러다가 그럭저럭 등산을 시작했는데, 몇 번의 봄이
가고 여름이 가고, 또다시 가을이 깊어가고 있었다.

　꽃을 보아도 열매를 보아도 단풍든 잎을 보아도 무엇 하
나 아름답지 않은 것이 없다. 그러고 보면 아름답게 생을
마무리 짓고자 하는 것은 생명을 지니고 있는 모든 것이 공

통적으로 가지고 있는 하나의 염원인지도 모른다. 그러나 이 염원에 인간은 어느 만큼 충실하고 있는 것일까? 이것은 내 자신에게 던져보는 하나의 반문이기도 하다.

나는 가끔 들에 핀 꽃을 보면서 내 자신이 저 정도로만 아름다울 수 있다면 하는 생각을 해본다. 꽃을 보는 순간에 미소를 짓게 하고 마음속에 기쁨을 느끼게 할 수 있는 힘, 내게는 그런 힘은 아직도 요원하기만 한 것일까.

나처럼 못난 존재도 없는 것 같다. 내가 생각해 봐도 어리숙하고 많은 세월을 방황하며 살아온 것이 안타까워 처절하기까지 하다. 나의 방황은 언제나 방황으로 이어질 뿐 이렇다 할 한마디 해답조차 얻지 못하고 있었다.

그러다가 우연히 작품을 쓰면서 문학과 인연을 맺었다. 나는 문학에 매료되면서 점점 깊이 빠져 들어갔는데 이렇게 문학에 대해서 열정을 기울일 무렵, 나는 그 열정으로 무언가 살아있는 이야기를 만들어 보고 싶어졌다.

첫 번째 쓴 작품은 「삶이란 글과 친구」였다. '삶이란 글'에서 인간의 삶에 대한 지순한 애정을 표현했고, '친구란 글'에서는 부(富)에 대한 한(恨)을 한껏 펼쳐 보려는 심정을 담아보았다. 내가 문학을 하고자 하는 뜻은 바로 여기에 있다. 나는 문학을 통해서 내 자신이 일상의 나를 뛰어넘어 피안의 언덕까지 이르기를 꿈꾼다. 또한 내 작품을 읽는 독자들도 나와 함께 그 여행을 즐기기 바란다.

겨울이 지나고 봄을 맞고 다시 여름을 맞기까지 나는 원고지를 끌어안고 씨름하였다. 출판을 결심하고 막상 원고를 출판사에 넘긴다고 생각하니 뭔지 모를 허전함에 울적하고 괴롭기까지 했다.

이런 나를 지켜보던 친구가 울적해 하는 나를 위로해 주었지만, 친구와 헤어지고 돌아오는 길에도 나는 내내 어디에서 오는지 알 수 없는 우울함의 근원에 대하여 골몰하였다. 그러다가 혹시 미진함의 불안에서 연유된 것이 아닐까 하는 데 이르렀다.

미진함이란 다 채워지지 않은 감정, 불타다 꺼져 버린 나무등걸 같은 기분으로써 이생을 하직하는 날, 그때도 이렇게 미진함이 느껴지면 어쩌나 하는 생각도 들었다. 완벽하게 내 자신을 연소시킬 수 있는 삶, 어떻게 그것에 이를 수 있을 것인지를 이 가을에 다시 한번 진지하게 생각해 보아야겠다.

나는 지금 무엇을 하고 있는 것인가? 아무리 둘러봐도 딱히 무엇을 하고 있다고 자신 있게 내놓을 게 없다. 작가라는 이름으로 글을 쓰고 있으니 글쓰는 일을 하고 있다고 말할 수도 있겠으나 내가 쓴 글이라는 것이 들에 핀 한 송이 꽃만도 못하니 어이하랴!

다만 위안이 되는 것은 단 하나뿐인 아들이 건실하게 자라주었고 착실히 자기 길을 가고 있어 대견하고 고마울 따름이다. 나는 그런 듬직한 아들밖에는 내놓을 것이 없다.

꽃 한 송이가 피면 한 송이만큼의 아름다움을 산천에 보태고 있다. 하지만 나는 그런 일도 해내지 못하고 있으니 부끄럽기만 하다.

한로도 지나서 가을이 한창인데 천(天) 지(地) 인(人) 삼계가 일률로 가을이로구나. 외로움을 느낄 수도 있지만, 또한 오곡백과의 무르익음을 보고 풍요를 예찬할 수도 있으니 우리의 인생도 그런 것이 아니겠는지……. 빈손으로 왔다가 빈손으로 가는 여정이긴 하지만 머무는 동안에 무엇을 보았느냐, 무엇을 배웠느냐에 따라서 비탄의 노래를 부를 수도 있고, 기쁨의 노래를 부를 수도 있을 것이다.

이 가을, 나는 무엇을 해야할까? 한 송이 꽃, 한 잎의 단풍잎, 한 알의 망개 열매 같은 아름다움이라도 내 안에 간직해 보았으면 하는 열망을 가져본다.

나는 오곡백과의 무르익음을 보고 풍요를 예찬할 수 있는 10월에 태어났다. 아버지께서는 내가 10월 9일 한글날에 태어났다고 하여 바른말과 정직한 소리를 내며 훌륭한 사람이 되라고 훈민정음에서 바를 '정(正)'에 소리 '음(音)'을 따내어 이름을 지어 주셨다.

또 한 번의 현란한 아름다움을 느낀 것은 나의 결혼기념일이다. 어느덧 기쁨과 슬픔이 어우러져서 살아온 인생도 삼십 해! 좀더 완벽하게 내 자신을 연소시킬 수 있는 삶이 어떤 것인지를 이 가을에 다시 한번 진지하게 생각해야겠다.

마음에 쌓인 욕심도 버리고, 미움과 분노도 버리고, 두 번 다시는 있어서 안 될 아픈 일도 만들지 말자.

이 세상을 단 한번 살다 갈 내 인생에 있어, 다시는 인간의 추악한 용모가 나타나지 않기를 이 가을 간절히 소망한다. 그런 이를 만나면 나 역시 추악한 심성을 지니게 되니 말이다.

살아오는 동안 자신이 알고 있는 것보다는 모르고 있는 곳에서 더 많은 괴로움을 느끼고 아픔을 주고받는 것인지도 모른다.

인간은 알고 짓는 죄처럼 잔인한 죄가 없다. 밖으로 드러난 사건 뿐 아니라 성격도 마찬가지여서 누군가가 내 성격을 견딜 수 없이 싫어한 사람이 있었다면 내가 그 사람 옆에 있었다는 사실만으로도 그 사람 마음을 상하게 한 게 아니었는지…….

사는 동안 알고 지은 죄, 무의식중에 많은 사람의 마음을 아프게 했다는 생각이 드니, 어떤 전율 같은 것이 뜨겁게 올라왔다.

나도 벌써 오십 대에 들어섰으니 가을의 문턱에 들어선 셈인가. 이제 내 안에 사랑으로 오곡백과를 익게 하고 코스모스를 피게 하고 단풍을 곱게 물들이고 싶다.

삼라만상은 모두 성주괴공의 법칙에 의해서 운행된다고 한다. 이는 생성해서(星), 머물다가(住), 쇠퇴하여(怪), 소멸되는(空) 과정을 뜻한다. 이것을 보통 한 주기라 하는데 크게는 우주 전체의 운행에서부터 작게는 하루살이의 생명에 이르기까지 모두 이 법칙에 의해서 진행된다는 것이다.

그러고 보면 사계절이 바뀌는 것도, 사람이 아이에서부터 노인으로 늙어감도 모두 이 법칙을 벗어나지 못하는 것이다. 오곡이 무르익고 백과가 여물어서 추수동장의 즐김을 얻는 성숙의 가을에 이 철을 노래할 수 있는 기쁨을 만끽한다면 얼마나 좋으리! 철부지로 살아온 나의 결혼 생활도 삼십 해. 더 욕심을 부린다면 먼 여행을 꼭 한번 떠나고 싶다.

소망하던 수필집도 펴내게 되었고 사랑하는 아들도 열심히 생의 반을 공부를 하여서 이제 12월이면 법대의 문을 나서게 되었다.

풍요로운 이 가을에 기쁨의 씨앗으로 내 자신 속에 뿌리를 깊게 내리고 싶다. 얼마 후 남이 보았을 때, 내가 내 자신을 돌이켜 보았을 때, 백발이 성성한 그이와 나의 뒷모습을 지켜보는 내 마음은 진실한 삶을 지켜보는 한 순간이 될 것이다.

나의 인생에 진짜라는 확신만 얻고 산다면 남은 삶에 대해 회한이 없을 텐데…….

인간사란 비정하리만큼 정확한 것인지도 모른다. 우리가 말하는 소위 '인복'이라는 것도 어느 생애에선가 예축해 놓은 자신의 덕이 아닐는지…….

무엇을 해야 할까
·········

하루에 두 번 아침이 찾아오지 않는 것처럼 남은 시간 역시 두 번 다시 찾아오지 않는다. 내가 지금 어떻게 살아야 할 것인가도 자연 분명해지는 게 아닌가.

춘천과 시카고를 잇는 이야기

—수필집『붉은 사과 그리기』를 중심으로

김영기

(문학평론가 · 강원일보 논설주간)

1. 토론토에서 만난 마정음씨

한국문인협회 제7회 해외 한국문학 심포지엄이 1997년 7월 하순 캐나다 토론토에서 열렸다. 심포지엄의 주제는「해외 동포문학의 국내 수용과 그 활성화 방안」, 그날 심포지엄의 사회는 필자가 맡았다. 심포지엄이 시작되기 직전, 필자를 찾는 사람이 있었다. 그가 시카고에 산다는 마정음씨였다.

'마정음씨, 마정음이라는 여성을 전연 알지 못하는데….' 마정음이라는 이름은 미국식으로 그녀 남편의 성을 따른 것이었다. 미처 미국식 품속에 익숙하지 못한 필자에게는 마정음이라는 이름이 생소할 수밖에 없었다. 마정음씨의 본래 한국식 이름이 신정음(申正音)이었고 미국 시카고 문인들과 함께 참석했던 것이다.

마정음씨가 필자를 찾게 된 데에는 그만한 이유가 있었다. 마정음씨가 탄생해서 성장한 곳은 강원도의 도청소재지 춘천시 요선동이었고, 그녀의 아버지는 한때 필자가 근무하는 강원일보사(江原日報社)의 사장이었기 때문이었다.

그때 만나본 마정음씨에게서 나는 한국 여성의 정체성을 간직하면서 미국시민으로서 미국인의 정체성을 갖추어 가는 모습이 대견스럽게 느껴졌다. 시카고문협에 참석한 마정음씨를 필자는 잃어버렸던 누이동생을 다시 찾은 듯한 정감으로 만났던 것이다. 「춘천과 시카고를 잇는 이야기」를 쓰는 것도 토론토 한국문학 심포지엄 현장에서 그녀를 만났었기에 가능했다.

마정음씨는 지난 5월 하순 필자의 사무실을 방문했다. 반가운 해후였다. 그때 수필집을 발간하기로 했으니 작품해설을 써달라는 부탁을 했다. 필자는 마정음씨에게 해설을 써주겠다고 약속했다. 신뢰가 가는 모습을 단숨에 감지했기 때문이다.

2. 한국학의 요람이 된 가족사

신정음씨의 아버지 신옥철(申玉澈)씨는 춘천시장, 강원일보사장, 6대 국회의원을 역임했던 분이다. 춘천고등학교의 전신인 춘천고보 제1회 졸업생이었으므로 춘고 제29회 졸업생인 필자에게는 한 세대를 앞선 대선배가 된다. 강원일보사장을 역임한 것은 1958년부터 1963년까지. 장절공 신숭겸(申崇謙)의 후예, 조선왕조 말기 병조판서를 지낸 신헌(申櫶)의 4대손이 된다. 신헌은 일본과의 강화도조약, 미국과의 한미수호조약을 체결할 때 조선의 대표로 활약했다.

신정음씨의 아버지는 관계·언론계·정계에서 두루 큰 활동을 했지만 한국학의 요람이 된 신정음씨의 가족사는 신정음씨 작은아버지들과도 연계된다.

『새 우리말 사전』을 펴낸 신기철(申琦澈) 신용철(申瑢澈)은 신정음씨의 넷째 여섯째 작은아버지가 된다. 신정음씨의 작은아버지들은 지금 『한국학대사전』 집필을 마무리하고 발간을 서두르고 있다. 신정음씨의 가계는 그러니까 한국학의 요람이 된 가족사라고 해도 필자의 과장된 표현은 아닐 것 같다.

신정음씨 아버지의 회고록 『고향 춘천과 더불어』에 신정음씨 이름에 얽힌 일화가 기록되어 있다. 신정음씨는 10월 9일에 탄생했다. 그날이 한글날이었으므로 훈민정음(訓民正音)의 정음(正音)을 따서 이름을 지었다는 것이다. 딸의 이름을 정음이라고 지을 만큼 신정음씨의 아버지 신옥철씨도 한국학의 요람이 된 가족사의 울타리가 되었던 셈이다.

필자와 신정음씨의 작은아버지들과의 교분은 계속 이어지고 있다. 『한국학 대사전』 편찬을 준비하던 때인데도 신기철씨는 한국학에 정열을 쏟을 것을 필자에게 편지와 전화로 격려를 보내 주었다. 신용철씨는 춘천의 향토지인 『춘주지(春州誌)』를 편찬할 때 매일 뵙다시피 했다. 신정음씨의 작은아버지들과의 만남이 필자의 한국학 연구에는 많은 격려가 되었다.

한국학 요람의 가족사를 곁에서 보고 듣고 익혔던 필자로서는 신정음씨를 한국학 요람의 가족사 일원으로 보는 것이다. 토론토에서 만나고, 다시 춘천에서 만난 신정음씨가 수필집을 내겠다는데 대해 기뻐하는 이유가 바로 여기에 있다.

3. 삶을 지탱하기 위한 글쓰기

신정음씨는 수필집 「책을 내면서」에서 삶을 지탱하기 위해 글쓰기를 시작했고, 그것이 생존법이 되었다고 고백하고 있다.

글을 쓰겠다고 마음먹은 자신이 두려운 한편에는 그런 내가 대견하기도 합니다. 인간에 대한 믿음과 순수한 삶을 지탱하기 위해서는 이 길밖에 없다는 생각입니다. 내가 겪은 눈물겨운 삶의 체험, 살아가고 있음에 대한 기록, 이것만큼 나에게 소중하고 소박한 흔적들이 또 어디에 있을까 싶어 일기도 쓰고 원고지에 옮기기도 하였습니다.

인간에 대한 믿음, 순수한 삶을 영위하기 위해 글쓰기를 시작했기 때문에 수필집 『붉은 사과 그리기』는 가족에 대한 열정적인 사랑, 이민생활의 적나라한 체험, 그리고 고향에 대한 그리움과 회오(悔悟)의 정서를 가득 담고 있다. 수필의 형식을 취했으면서도 수필의 형식을 버린 일면도 없지 않는 것은 체험의 고백적인 요소 때문일 것이다. 「사랑의 향기」에서는 가족에 대한 열정적인 사랑이 어떤 것인지, 또 어떻게 인간애의 그것으로 확산되는 것인지를 표현하고 있다.

　　사랑의 향기는 정직한 삶이 소중한 것임을 깨닫게 해주는 매개체이며, 삶이 얼마나 감동스럽고 살만한 것임을 다시 한번 깨닫게 해주는 빛과 같은 것이다.
　　사랑의 향기를 간직한 이는 가족, 만나는 모든 이에게 아름다운 감동을 전하는 힘이 되며, 나 또한 그런 사랑의 향기를 지닐 수 있기를 염원한다.

　사랑의 향기를 아포리즘의 형식으로 강조하고 있고, 또 미국 이민생활의 체험이 그 밑바탕에 깔려 있다. 물론 고향의 그리움과 회오도 그 체험의 모티브를 더한다. "25년 전 미국에 오자마자 아버지를 잃고, 맏이로서 어린 동생들에게 아버지의 빈자리를 채워주었어야 했는데도 멀리 떨어져 있기에 힘이 되어주지 못했습니다"라고 책머리에 기록하고 있는데서도 사랑의 향기가 왜 생존법의 근원이 되어야하는가를 자신에게 다짐하고 있다.
　「사랑의 분노」에서는 미국생활에서 겪는 사랑법이 문화차이에서 충돌했던 혼선을 이야기하고 있다. 검은머리의 동양인은 시카고 근교 서버브에는 눈을 뜨고 보아도 보이지 않았다. 아들이 머리를 다쳐 병원으로 앰뷸런스에 실려갔다. 큰 사고는 아니었지만 어린 아들의 미국인 친구가 인종차별적인 행동으로 자전거에 머리를 들이받게 했다고 생각했다. 분노가 가시지 않은 저자는 미국인 집에 찾아가 아들의 미국인 친구를 때린다. 급기야는 아이들 싸움에 어른싸움이 벌어졌고 소송을 거는 복잡한 문제에 부딪친다. 미국생활에서 발생하는 문화차이가 사랑의 향기는 어떤 것이 되어야 하는가를 일깨워주고 있다.

　　그때 나는 자식을 사랑한다는 명목으로 잔혹한 일을 해서는 안된다는 것을 혹독하게 경험하고 깨달았다. 또한 그 사건은 두고두고 내 자신에게 부끄럽다.
　　체험을 통해서 사랑, 인간관계, 인격교육에 관한 것을 많이 배웠다. 인간 한 사람 한 사람의 사랑이 따뜻한 관계를 맺게 해줄 때 인간성을 회복하는 것이리라. 인내하며 참을 줄도 아는 것도 지혜로운 사랑의 다른 색깔일 것이다.
　　이제 세월이 많이 흘러 20년이 지난 이야기가 되었다. 어느덧 28살로 장성한 아들의 모습이 대견할 뿐이다.

여기서 그 사건이란 어린아들과 미국인 친구와의 사고를 가리키며, 사랑한다는 것만으로 타인에게 잔혹한 일을 해서는 안 된다는 표현은 한국과 미국의 문화차이를 극복하고 사랑의 보편적 진실을 체득한 상황을 나타내는 것이다. 미국

생활의 체험은 이 수필집 구석마다 스며 있다. 「부부」, 「떠나 보내는 연습」에서 미국생활을 드러낸다.

변덕스러운 시카고의 날씨는 어느 도시 못지 않게 덥고 춥고 바람이 세게 부는 바람의 도시, '윈디 시티'라고 한다. 나의 인생의 절반은 시카고에 담겨 있다. 언제 세월의 수레바퀴가 이만큼 굴러 갔는가. 시카고에서 산 지도 25년, 결혼생활도 30년을 맞는다.
　　　　　　—「부부」 중에서

유월은 미국에서는 졸업의 달이다. 올해 우리 집에 하나밖에 없는 아들녀석이 고등학교를 졸업한다. 이미 진학할 대학도 결정이 되었고 삼 년 동안 정들이고 학업을 닦던 고교를 떠나는 예식만 남아 있는 것이다.
　　　　　　—「떠나보내는 연습」 중에서

미국 시카고에서 인생의 절반을 배운 신정음씨는 그러나 그 정서의 뿌리로서 고향을 간직했다. 「한국, 어디로 가고 있나」의 서두가 그것을 증언한다.

내가 태어난 고향은 강원도 춘천이다. 춘천은 호반의 도시로 물 맑고 공기 좋은 고장이다.
오랜만에 고향을 방문하였는데 열흘간의 짧은 일정으로 공연히 마음만 분주해지는 것이었다. 복잡한 서울 거리를 한눈에 내려다보면서, 내 고향 춘천, 나의 어릴 적 기억들을 더듬어본다.
바람 부는 어느 가을밤, 포플러 가지가 흔들리는 소리를 들으면서 공지천 뚝가에 오를 때면 캄캄한 밤하늘에 유난히 빛나는 별이 떠 있었고, 그때 마구 뛰어 놀던 기억이 솟아난다.

신정음씨의 수필집 『붉은 사과 그리기』는 춘천과 시카고를 잇는 이야기로 가득 차 있다. 뿐만 아니라 한 여인이 남편을 따라 이민의 길에 올라 뿌리를 내리고 살기까지의 역정, 아내로서 조금도 빈틈없이 내조하려는 지아비에 대한 공경, 한 아이의 어머니로서 지극한 자식사랑의 모습, 그곳 미국인들과 동화되어 살아가는 모습, 또 여인들만이 겪는 고뇌와 갈등, 아픔… 등을 진솔하게 풀어내고 있다.

그러나 신정음씨는 우리 한국 여인네의 보통의 삶에 크게 벗어나지 않고 인내하며 순종하는 듯 하지만 내적으로는 끊임없이 진리를 열망하고 늘 똑바른 삶을 추구하며 고뇌하고 있는 것이다.

그녀가 미국에서 계속해서 문학에 전념하는 것은 한국 수필의 영토, 한국문학의 영토로 확장하는 일이 되는 것이다. 일테면 한국문학의 정신적 토양으로 확대하는 일이 되는 것이다. 신정음씨는 스스로 그러한 글쓰기의 주춧돌을 쌓고 있는 것이다.

그 주춧돌을 지금 하나 놓았다. 주춧돌 둘, 주춧돌 셋, 더 많은 주춧돌을 놓을 때마다 작자의 생존법은 질박해지고 한층 더 문학성 높은 작품들이 탄생할 것이다.

'한국학 요람의 가족'의 일원인 신정음씨의 활약상을 기대하는 바 크다.

저자와의
협약으로
인지생략

신정음 수필집

붉은 사과 그리기

1판 1쇄 인쇄/1999년 9월 10일
1판 1쇄 발행/1999년 9월 15일

지은이/ 신정음
펴낸이/ 이선우
펴낸곳/도서출판 선우미디어

등록/1997. 8. 7 제2-2416호
100-193 서울 중구 을지로3가 104-10
신성빌딩403 ☎ 2272-3351, 3352 팩스: 2272-5540

Printed in Korea ⓒ 1999 신정음

값/7,000원

잘못된 책은 바꿔 드립니다

ISBN 89-87771-39-3 03810